幼なじみが絶対に負けないラブコメ

〔著〕二丸修一

〔絵〕しぐれうい

JN088376

CONTENTS

〔プロローグ〕……………010

〔第一章〕旅行の始まりは準備から……038

〔第二章〕夏はまだ終わっていない！……108

〔第三章〕パラダイスSOS……176

〔第四章〕初恋の毒……228

〔エピローグ〕……………296

幼なじみが絶対に負けないラブコメ

OSANANAJIMI GA ZETTAI NI
MAKENAI
LOVE COMEDY

3

［著］
二丸修一
SHUICHI NIMARU
［絵］
しぐれうい

プロローグ

＊

どうしてこうなったのか。何がきっかけでここまでこじれてしまったのか。

今となっては思い出せずにいる。

でも一つだけ確実なことがある。

俺は黒羽《くろは》に――〝嘘《うそ》をつかれた〟のだ。

「ううぅぅっ……」

俺は黒羽《くろは》から距離を取ると、背を向けてしゃがみ、土手に生える雑草を引っこ抜いた。

「は、ハル……？」

黒羽《くろは》は俺の反応を摑《つか》みかねているらしい。

正面には回らず、横から顔色をチラチラうかがってくる。

「ご、ごめんね～……。あ、あのね、悪気はなかったの……っ！　ほ、ホントだよ……っ！」

「………」

「も、もしかしてハルさ……しょ、ショック、受けてる……？」

「……結構」

俺は冷たく言い放った。

だって、考えてみて欲しい。

俺は黒羽《くろは》に誠実に向かい合っていた……はずだ。

記憶喪失と言われて、少し疑ったけれどもちゃんと信じ、涙を流して悲しんだ。黒羽《くろは》が瞬《しゅん》
社長に責められれば助けに入った。

もちろんそれを恩に着せるつもりはない。黒羽《くろは》を信じているし、大切だと思うから、当然の行動をしたと思っている。

なのに――

「そ、そうだ、ハル！　肩こってない？　あ～、やっぱ演技頑張りすぎたせいじゃない？　肩、カチカチだよ～？」

普段なら黒羽《くろは》に触れられるのは嬉《うれ》しいし、肩を揉《も》まれて嫌な思いなんてするわけない。

でもさすがに今は――白々しすぎる。

「………………」

俺は無言で身体《からだ》を揺すって黒羽《くろは》の手を拒絶すると、カニ歩きで横にスライドし、また草を抜き始めた。

「は、ハル……？　あの……あのね……？　笑って許してっていうのは……ダメ、かな……？」

「――理由」

俺は端的に告げた。

「えっ？」

「理由、あるんだろ？　どうしてだ？　どうして俺に〝記憶喪失〟なんて嘘《うそ》をついたんだ？」

「うっ――」

黒羽《くろは》は視線をさまよわせた。混乱しつつも、高速で頭が回転しているのがわかる。

その結果――

「えへっ♡」

また舌を出して可愛《かわい》らしく笑った。

「そうだ！　家に帰ったらお詫《わ》びにマッサージしてあげる！　この前部活で教わった、疲労回復するやつ！　ハル、今回のCM勝負、頑張ったもんね！　お姉ちゃんサービスしちゃうよ？」

「っ――」

俺は頭を抱えた。

（――違うんだ、クロ）

それじゃ俺は――納得できない。

「ううぅ……また弄ばれたぁ～……。もうクロのことが信用できないぃ～……」

俺はそういう結論を導くしかなかった。

これが例えば深刻そうな顔をして『ごめん、どうしても言えないの……』みたいな感じで言われれば、何か事情があるのかと察することができる。

でもこの反応は違う。笑ってごまかそうとしている。ちょっとサービスすることで理由を言わずに済ませてしまおうというあざとさが透けて見えている。

これでは信用できない。

嘘《うそ》をつかれ、弄ばれた……そう受け止めるしかなかった。

「………」

俺はちらっと振り返り、様子をうかがいつつ黒羽《くろは》に目で不満を訴えた。

すると黒羽《くろは》は気分を害したのか、静かな怒気をはらませ目を細めた。

「なにその眼《め》」

「べ～つ～に～？」

黒羽《くろは》の眉間に皺《しわ》が寄る。普段なら可愛《かわい》らしく見開いている大きな瞳が、今は恐ろしく鋭い。

両腕を組み、いじけてしゃがみ込む俺を見下ろす姿からは、威圧感が漏れ出ていた。

「そもそもさ」

黒羽《くろは》は吐き捨てるように言った。

「弄ばれたって、どういうこと？」

「どういうことって……そのまんまだろ」

クローバーの髪留めでまとめられた三つ編みが秋風に揺れ、黒羽《くろは》の頬を撫《な》でる。

だが黒羽《くろは》は表情を微動だにさせなかった。

「弄んでないよね？」

「弄んだだろ？」

「弄んでない」

「弄んだ！」

「弄んでない！」

「俺を騙《だま》したじゃないか！」

俺は我慢できずに立ち上がった。

ちょっと言いすぎたと思った。でも一度言ってしまったらもう止まれない。

たぶんちょっとした言葉の綾《あや》だったんだ。

お互い混乱し、余裕がなく、簡単に火が付きやすい状況だった。

その結果――大炎上してしまっていた。

「騙《だま》したって……そういう言い方ってなくない⁉」

「嘘《うそ》をついただろうが！」

「それは……そうかもしれないけど――」

黒羽《くろは》自身そこまでは否定できないのか、口ごもった。

小さくて可愛《かわい》らしい黒羽《くろは》が表情に影を作ると、とたんに自分が悪かったような気がしてしまう。

でも黒羽《くろは》に裏切られたと感じる俺の心はねじ曲がり、可愛《かわい》ければ可愛《かわい》いほど騙《だま》されてはダメだと心が叫んでいた。その結果、反動として強い口調になってしまっていた。

夕日でオレンジ色となった堤防で、俺と黒羽《くろは》はにらみ合う。

「俺、お前が記憶喪失って聞いて、泣いたんだぜ！　騙《だま》されている俺を見て笑っていたんだろ！」

「わら――」

黒羽《くろは》は絶句した後、口を一文字に引き締め、一層強く俺をにらみ上げてきた。

「そんな……笑ってない！　ハル、悪いほうに考えすぎ！　何でそんなひどいこと言うの！」

「じゃあ何で嘘《うそ》をついたんだよ！」

「それは……別にいいじゃない！　そのくらい察してよ」

「察しろって、何をだよ！　これだけのことをされてさ！」

「それは、その……いいから察して！」

「察してって……そんなの言われなきゃわからないだろ！　伝えたいことがあれば口で言えよ！　そのために言葉があるんだろ！」

「全部口で言わなきゃわからないなんて、バカなんじゃないの⁉　ハルは見るからに怪我《けが》をしていても、痛いって言わない人は痛くないって思うの⁉」

「それとこれは違うだろうが！」

「違わない！」

ふつふつと怒りがこみ上げてくる。怒りを発散するために言葉に出したはずが、すぐさま反撃を食《く》らうことでさらに怒りが湧き上がるという最悪の循環に陥っている。

俺は黒羽《くろは》を信じている。尊敬している。

それだけに騙《だま》されたと思うと、悲しくて、悔しい。何で嘘《うそ》をつくんだよ、騙《だま》さなくたって俺はお前の言うことなら素直に信じるのに――なんて思うと、涙が出そうになる。

好きだからこそ、憎い。信頼しているからこそ、ショックが大きい。

想《おも》っている分だけ負の感情が強く返ってくる。

そのため俺の心は怒りのはけ口を求め、触れてはいけない領域にまで踏み込むことを許してしまっていた。

「……腹黒」

黒羽《くろは》はぴくっと身体《からだ》を震わせると、邪悪なオーラをたたえた笑みを浮かべ、俺を見上げた。

「……えっ？　ハル？　ちょ、待って待って待って？　ん～？　待って待って？　今、ハルが言ってはいけないようなことを言った気がしたけど……何も言ってないよね……？　ん～？」

俺は知っている。黒羽《くろは》にとって〝腹黒〟は禁句中の禁句だ。

黒羽《くろは》は名前に〝黒〟が入っている。そのため悪口には黒の入った単語が使われやすい。黒を使った悪口はいろいろあるが、その中でもっとも連想しやすく、しかも的確に黒羽《くろは》の急所を突くワードが〝腹黒〟だった。

黒羽《くろは》自身多少自覚があるのか、このワードを特に嫌う。小学校のころ、腹黒とつぶやいた同級生の男子がどれほどひどい目に遭ったことか……。

中学に上がるころになると、黒羽《くろは》の可愛《かわい》さに気がついた男子たちは黒羽《くろは》をからかう愚かさを知って使わなくなった。また黒羽《くろは》は優等生で八方美人なので、女子たちからも特に悪口を言われない。なので現在腹黒というワードを使うのは迂闊《うかつ》な碧《みどり》くらいなもので、そのたびに姉妹喧嘩《しまいげんか》となる。

だが怒り狂っている今の俺にとっては、禁句こそ憂《う》さを晴らす最高の言葉だ。だから俺はさらなる禁句を記憶の底から呼び起こした。

「黒　船　来　航」

「あーっ⁉　言った⁉　その言葉、使っちゃった⁉　それ言ったら戦争だよ⁉　もう退《ひ》けないよ⁉　ハルならわかってるよね⁉」

ここまで言っても怒りが収まらない俺は、とっておきの禁句を使うことでトドメの一撃を加えた。

「――クローバーZ」

俺が〝Z〟を『づぇっっ～っと』みたいなアクセントでボソッとつぶやくと、ブチッと黒羽《くろは》の理性が切れる音が聞こえた。

「へーっ、ハル……覚悟、できてるんだ……」

「覚悟？　へんっ！　クロが悪いんだろ！　今すぐ謝れば嘘《うそ》をついた理由、聞いてやってもいいけど？　聞くだけで許すかどうかはわからないけどな！」

「許す？　それ、あたしのセリフ！　ハルがあたしに許しを請《こ》うって言うなら、聞いてあげてもいいけど！」

「何で騙《だま》された俺が許しを請《こ》わなきゃいけないんだよ！」

「察してくれないから！　禁句を言っちゃったから！　だからだよ！」

「意味わかんねーって！」

「バカ！」

「腹黒！」

「あーっ！　また言った！　また言っちゃった！」

「そんなに言って欲しいなら何度でも言ってやるよ！　腹腹黒黒腹黒黒――」

「むきーっ！　バカバカバカ！　ハルのバカ！」

「――ぐふっ！」

学校指定のカバンが振り回され、俺のわき腹に直撃する。

「ちょ、クロ！」

「ふーん、何よ！　ハルのバカ！　あたしは悪くないんだから！　ベーーっ！」

痛みでうずくまる俺に対し、黒羽《くろは》はあっかんべーをして反転した。呼び止める間もなく堤防沿いの道を走り去っていく。

小さくなっていく黒羽《くろは》を、俺はその場で立ち尽くしたままじっと見つめていた。

「……ふんっ！」

頑張れば追うことができた。でも追わなかった。

だって俺は悪くないから。今回悪いのはクロだから。


「って、言いすぎたぁぁぁぁぁぁぁぁぁぁ！」

俺は自室のベッドにダイブすると、枕に顔を埋《うず》めた。

ぶつくさ文句を言いつつコンビニ飯でお腹《なか》を満たし、風呂《ふろ》に入り、血が上った頭もだいぶ冷えてきた結果、思い至った結論が――『言いすぎ』だった。

「やべーってっ!?　どーすんだよ!?　クロ、マジギレしちゃってたんだけど!?」

口喧嘩《くちげんか》レベルなら今までもあった。しかし禁断のセリフ三連発はさすがにやったことがない。

今の黒羽《くろは》の怒りは幼なじみの俺でも量ることができない未踏の領域にある。

もしかして――

俺は脳内でイメージを広げた。

……

…………

いつもの日常。いつもの夜。

風呂《ふろ》を出た俺は、何気なくTシャツを着る。すると肩に激痛が走る。

慌てて脱ぐと、肩が焼けただれている。

(まさかこのにおい、トイレの洗剤……?)

気がつくと、膝からも激痛が。どうやら先ほどはいたズボンに同様の化学物質がしみ込んでいたようだ。

もしかして……っていうか、こんなことができるのは一人しかいない……。

そう、これはすべて黒羽《くろは》が洗濯したものなのだ――

『うわぁぁあぁぁぁ!』

俺はTシャツとズボンを脱ぎ捨て、パンツ一丁で部屋を飛び出した。

すると今度は足裏に激痛が走る。

すっころんだあげく足の裏を見ると、そこには画びょうが……っ!

——クロが仕掛けた罠《わな》だ。


廊下もまた、黒羽《くろは》が掃除をしてくれたところだ。だから画びょうを置くことなど容易《たやす》い。

俺はようやく気がついた。黒羽《くろは》がどれだけ身近にいたか、を。

ヤバい。黒羽《くろは》はマジで切れてる。

身の回りの世話をしてくれている黒羽《くろは》にとって、罠《わな》を設置するなど朝飯前。

罠《わな》の凶悪さ、狡猾《こうかつ》さ、恐ろしさを考慮するとつまり——黒羽《くろは》は俺を殺すつもりなのだ。


——ピンポーン！


ぶわっと全身から汗が吹き出した。

これ見よがしなインターフォン。間違いなく黒羽《くろは》の仕業だ。

『ヤバいヤバいヤバいヤバいヤバい——』

俺はぶつぶつと独り言をつぶやいた。黙っているよりそのほうが怖さが薄れるからだ。


——プルルルル！

今度は固定電話のコールだ。めったに鳴らないのにこのタイミング……黒羽《くろは》の仕業に決まっている。見ているぞ、震えているか、と言っているのだ。

あかん、俺は黒羽《くろは》に勝てるのか？　……いや、無理だ。あいつに勝てる気がしない。

『ちょ、クロ……すまない……俺がっ……俺が悪かったぁぁ！　すまないぃぃ！　許してくれえええぇぇぇぇぇ！』

…………

……

そんな妄想を繰り広げた俺は、一度大きく頷《うなず》いた。

「ありうる……クロならありうる……」

黒羽《くろは》は絶対に敵に回してはならないタイプの人間だ。その黒羽《くろは》が未曾有のブチギレ状態……つまり『法律に触れること以外ならすべてありうる』と見ておくべきだろう。いや、今の黒羽《くろは》なら『完全犯罪できる範囲なら法律の逸脱もある』と考えるべきか。そう考えると『拷問はむしろ可能性が高い』と見ておくべきだろう。

（これは早めに許しを請《こ》うべきか⁉　でも――）

やっぱり記憶喪失を騙《かた》っていた、という事実はちょっと許せない。

あれからゆっくり考えて、黒羽《くろは》に何かしらの事情がありそうだということには思いが至った。

つい『騙《だま》されている俺を見て笑っていたんだろう』と言ってしまったが、黒羽《くろは》はそういうやつじゃないし、勢いとはいえさすがに悪く考えすぎだ。

黒羽《くろは》が記憶喪失を騙《かた》っている間にしたことは、俺との和解だった。振った振られたの出来事を横にどけて、ボタンを留め直そうと言った。好きだとも言ってくれた。

それはとても嬉《うれ》しい。俺も黒羽《くろは》のことが好きだから。

（でも――）

それならどうして、素直に好きと言ってくれなかったんだという不満がある。

記憶喪失を騙《かた》る必要なんかない。振ったことは間違いだった、やっぱり好きと言ってくれれば、大勢の前で振られたことだって俺は水に流した。もちろん振ったことが間違いと言うなら『どうして大勢の前で振ったんだ』ってことは、聞かざるを得ないけれども。

黒羽《くろは》の行動には一貫性がないのだ。あるのかもしれないが、俺にはそうには見えない。

俺はどんな理由があろうと、素直に言って欲しい。

その内容によってはもしかしたら大喧嘩《おおげんか》になるかもしれない。でも俺のことが好きだと言ってくれるなら――最後には嬉《うれ》しくて『俺も好きだ』と言うと思う。

（なのに――）

天使が俺に囁《ささや》く。

『大丈夫ですよ？　だって黒羽《くろは》さんは記憶喪失を騙《かた》ったときも、あなたとの関係を修復しようとしていたじゃないですか？　つまりすべてはあなたを好きだからこその行動なんです！』

するとすぐに悪魔が出てきて俺に囁《ささや》いた。

『お前、振られてるんだぜ？　よく言うだろ？　男の恋は名前をつけて保存、女の恋は上書き保存……って。関係を修復しようとしていた？　遊ばれていたの間違いじゃないか？　もし勘違いして告白したらどうなると思う？　また〝――ヤダ〟とか言われるのがオチだぜ？』

くっ……やはり悪魔のほうが強い。

もしもう一度『――ヤダ』とか言われてしまったら俺は――立ち直れる気がしない。

俺はきっと、黒羽《くろは》がわからなくなっている。信じられなくなっていると言ってもいい。

ただそれは俺だけの話じゃない。黒羽《くろは》も俺を信じてくれていない。

だって俺は黒羽《くろは》が素直に話してくれれば、たとえ喧嘩《けんか》になっても最後にはすべて受け入れ許すつもりなのに――黒羽《くろは》は話してくれない。それどころか記憶喪失を騙《かた》ってごまかそうとしたりする。つまり俺のことが信じきれないのだ。

そんなんじゃダメだ。もし相思相愛だとしても、互いに信じられないならすぐに破綻するに決まっている。

（でも――俺は――）

正直なところ、黒羽《くろは》を許したい。黒羽《くろは》と喧嘩《けんか》をしていたくないし、これまで迷惑をかけたことも多かったから、率先して許したい。

ただ――

――クロから謝ってくれれば、だ。

そう、すべては黒羽《くろは》から謝ってきた場合の話だ。

今回、俺は悪くない。だから俺から謝るつもりはない。悪いことをしていないのに謝ることなんてできない。

でも……でもさ……。

「あああぁぁあぁぁぁっっ！」

心がもやもやする。

「クロのバーカ……」

俺は足元にあったクッションを壁に投げつけた。

＊

黒羽《くろは》は無言のまま夕食を食べていた。

周囲にいる姉妹たちは黒羽《くろは》の様子をうかがいつつ視線で会話する。黒羽《くろは》の発するオーラが凄《すご》すぎて、声を発することすらためらわれるような雰囲気が立ち込めているためだった。

志田《しだ》家のダイニングに置かれた大きな長方形のテーブルは、普段両親＋姉妹四人の六人で使われている。

配置としては、上座から父、母、黒羽《くろは》。その対面《トイメン》に碧《みどり》、蒼依《あおい》、朱音《あかね》となっている。末晴《すえはる》が食事に呼ばれたときは、誕生日席に座ることが常だった。

しかし今は四人。上座側には黒羽《くろは》のみだ。そこからあまりにも恐ろしい空気を垂れ流しているため、対面《トイメン》に座る妹三人は肩を震わせつつできるだけ距離を取って固まるという有様《ありさま》だった。

父道鐘《みちかね》は大学教授で、研究が忙しいときは夕食時も帰ってこない。

母銀子《ぎんこ》は看護師。今日は準夜勤と言われる勤務で、勤務時間は十六時〜二十四時。そのため夕食の準備をして、姉妹たちが帰宅する前に出勤している。

そんな両親不在の姉妹たちの夕食は、テレビの音声が空々しく流れるだけの、団らんとは程遠い乾いたものとなり果てていた。

「――ごちそうさま」

黒羽《くろは》はすくっと立ち上がると、食器をまとめ、台所に向かった。

次の瞬間、妹たちは顔を寄せ合い、ヒソヒソ話を始めた。

「クロ姉ぇ、ヤバすぎじゃない？　どうせまたスエハルが絡《から》んでるんだろうけどよ……」

「みどり姉さん、もう少し声のトーンを落としたほうが……」

「クロねぇの眉がいつもの怒っているときより二度ほど高い。今回、かなりヤバいと思う」

「マジか……。尻拭いをするこっちの身にもなれっつーの……」

「くろ姉さん、最近機嫌よかったのに……となると、記憶喪失の件がはる兄さんにバレてしまったのでは……？」

「その可能性が高いのではと、ワタシも思っていたところ」

「アタシたちもびっくりしたもんなー。いきなり夕食時に『これ以上みんなと同じもの食べるのはそろそろ無理』宣言だもんなー」

「逆に考えると、ハルにぃにバレないようにするためとはいえ、一週間以上も耐えがたい味付けの食べ物を食べ続けたのは驚異的」

「くろ姉さん、はる兄さんが食べさせてくれたからって、タコさんウインナーまで食べたそうですよ？」

「ありえねーっ！　前にアタシが冗談で食べさせようとしたら関節極《き》められたんだけどっ！　くそっ、贔屓《ひいき》だ贔屓《ひいき》っ！」

「ワタシたちで言えば三食ハチミツをぶちまけた料理を一週間食べ続けるような苦行と思われる。そう考えるとクロねぇはやっぱり凄《すご》い」

「あかねちゃん、驚くポイントがちょっと違うような……」

「——はい、食べるでしょ？」

黒羽《くろは》がリンゴをのせた皿を差し出す。自分の食器を洗い終えた後、妹たちのために皮をむいていたのだ。

「……毒、入ってないよな」

黒羽《くろは》はギロリとにらみつけた。

「碧《みどり》……食べたくないなら別にいいけど？」

「じょ、冗談だって！　食う！　食うって！」

「ふーん」

黒羽《くろは》は自分用のラー油かけリンゴがのった皿を持ち、廊下へと足を向けた。どうやら自室で食べるらしい。

「……ふう」

碧《みどり》が冷や汗を拭う。妹だからこそ、姉の逆鱗《げきりん》に触れる恐ろしさを知り尽くしているのである。

「――碧《みどり》」

「っ――」

廊下に出たはずの黒羽《くろは》が、上半身だけバックしてドアから顔を出す。その恐ろしさに思わず碧《みどり》はご飯を喉に詰まらせた。

「ごほっ、ごほっ、な、何だよクロ姉ぇ！　驚かすなよ！　何か用か！」

「尻拭いなんだけど――」

ギロリ、と黒光りする視線が碧《みどり》に向けられる。

「しているのは、いつもあたしのほうなんだけど……違う？」

「きっ、きっ、聞こえてるじゃねーか！」

文句あるの？　と視線で語り掛けてくるので、碧《みどり》は震え上がるしかなかった。

「だっ、だったら何だよ！」

碧《みどり》は懸命に強がりつつも、雷が落ちるのを覚悟して身構えたが――

「――別に」

それだけ言って、黒羽《くろは》は自室へと戻っていった。

「…………」

「…………」

「…………」

残された妹たちは姉の異常事態にまたヒソヒソ話を始めた。

＊

黒羽《くろは》は自室に戻ると、静かにドアを閉め、鍵をかけた。そしてリンゴをのせた皿をテーブルに置くと、ベッドに置かれたクッションを何気なく持ち上げ……思いきり床に叩《たた》きつけた。

「ハルのバカ！　どうしてわかってくれないの⁉」

黒羽《くろは》はリンゴをフォークで突き刺すと、一気に口の中に放り込み、バリボリと荒々しく咀《そ》嚼《しゃく》した。

あれだけ強くアピールしていたのに！　あれだけ好きって言っていたのに！

記憶喪失を騙《かた》る理由なんて一つしかないじゃないか。

互いに振ってしまった過去。これはどれほど取り繕おうと、しこりとなって残ってしまう。

ならば消してしまうのが一番だ。

記憶喪失という手段を使えば、一応なかったことにできる。そうすればもう障害はない。互いの好きという気持ちが残るはずだ。

だから記憶喪失を騙《かた》った。そして実際うまくいっていた。二人だけで談笑しつつ帰るところまで戻ってきていた。

結果を見れば、やはり記憶喪失を騙《かた》るのは正解だったのだ。もし嘘《うそ》をついていなければ、談笑しつつ帰るまでにもっと時間がかかっていたか、もしくはずっとぎこちないものになっていただろう。すると、どこぞの負け犬や凶悪ウサギが隙を狙って付け込もうとしてきたに違いない。そのためこの一手に後悔はない。

ここまで来ればあと一歩……のはずだった。

なのに、ミスをしてしまった。

「受け入れてくれると思っていたのに……」

実のところ、記憶喪失を騙《かた》るためにかなり無理をしていた。

論理の整合性もそうだが、何よりきつかったのは、記憶喪失という事態に説得力を持たせるために制限した食事についてだ。

体調不良や気力減退、集中力の欠如——様々な面で弊害が出てきていた。だからさすがに限界が来て、家族には打ち明けていた。そして家族は呆《あき》れつつも受け入れてくれた。

家族の反応を見て、思ってしまった。たぶん末晴《すえはる》も受け入れてくれるはずだ、と。

まったく過信としか言いようがない軽率な判断だった。

きっと記憶喪失を騙《かた》った理由を察してくれると思い込んでしまった。笑って許してくれると期待してしまった。

もちろん後ろめたさはあった。どれほどの理由があろうと、嘘《うそ》をつくのはやはりいいことではないから。

でも甘い期待に溺れ、判断力が鈍っていた。

「……ううん、もしかして」

黒羽《くろは》は耳元の三つ編みをいじった。

末晴《すえはる》は理解力がないから嘘《うそ》をついた理由をわかってくれていない、と考えていた。

だがもし——そう、例えば白草《しろくさ》にまた心を惹《ひ》かれ始《はじ》めているからわかっていないフリをしているのだとしたら——

「……っ！　それはダメ！」

それだけは許せない。あってはいけない。

末晴《すえはる》はプライベート時は嘘《うそ》をつくのが下手だ。だから『わかっていないフリ』ができるとは思えないが……人間は成長する。

そもそも舞台上ではあれほど人を魅了する演技ができるのだ。コツを摑《つか》んでしまえば、末晴《すえはる》は日常でも嘘《うそ》を使いこなし、嘘《うそ》くささの欠片《かけら》すら残さないことができるだろう。

「ううっ……ど、どど、どうしよ……」

　でもでもでも！

「騙《だま》されている俺を見て笑っていた、というセリフは許せない……」

　心外すぎる。ずっと近くにいて、ずっと話をして、互いの性格を知り尽くしているはずなのに……なぜそんなことを言われなくちゃいけないのだろうか。

　何を見ていたの？　何を聞いていたの？　と問い詰めずにはいられない。

　怒りと悲しみ。焦《あせ》りと愛情。

　それらを脳の中でぐつぐつと煮込み、かき回したあげく、黒羽《くろは》は一つの結論を出した。

「助けがいるかもしれない……」

　今、互いに近づけば、おそらくまた火がついてしまう。黒羽《くろは》自身、次に顔を合わせて話すとき、自分の衝動を抑えきれるか……ちょっと自信がない。

　となると――仲裁役が必要だ。

　間に誰かを入れることで冷静さを保つのだ。気持ちを伝達してもらったり、相手の様子を見てもらったりすることで、すれ違いを修復していく必要がある。関係が元通りになるまでの間、末晴《すえはる》を奪われないよう〝何かしら牽制《けんせい》〟をしておく必要もあるだろう。

「仲裁役、かぁ……」

　黒羽《くろは》が思い描いた条件は――

・末晴《すえはる》と黒羽《くろは》、二人と親しい関係であること。
・秘密を守ってくれそうなこと。
・心を落ち着かせてくれるようなタイプであること。
の三つだった。

黒羽《くろは》はまずクラスの友達の顔を思い浮かべ、一人ずつ消していった。

そこへ——

「あの……くろ姉さん……大丈夫ですか？」

ノックと共にかけられた声。

あ、と黒羽《くろは》は小さな声を上げ、適任者を部屋の中へと招き入れた。

＊

白草《しろくさ》は不本意だった。本当に不本意だった。

しかし今回の作戦……彼を取り込むしかなかった。

「甲斐《かい》くん、ちょっと提案があるんだけど」

「へー、そいつは珍しい」

エンタメ同好会こと群青《ぐんじょう》同盟のメンバーである五名——末晴《すえはる》、哲彦《てつひこ》、黒羽《くろは》、白草《しろくさ》、真理愛《まりあ》はメッセージアプリのホットラインでグループを作り、互いにやり取りができるようになっている。

とはいえ、末晴《すえはる》以外とやり取りするつもりはなかった白草《しろくさ》だったが、今、必要に迫られて自室からホットラインで電話をかけることにしたのだった。

「さーて、どうしようかな」

電話なので、当然相手の顔は見えない。

しかし白草《しろくさ》は、この瞬間、哲彦《てつひこ》がニヤニヤと笑っていることを確信した。

「あなた、この前志田《しだ》さんと組んでいたわよね？　今もそれが続いているから私の提案を聞けないってこと？」

「いや、志田《しだ》ちゃんとはＣＭ勝負が済んだ時点で同盟は切れてる」

「じゃあ、今は志田《しだ》さんに肩入れしているわけじゃないってことよね？　中立とみなしていいのかしら？」

「オレは中立じゃやねぇよ」

電話の向こうで哲彦《てつひこ》が鼻で笑った。

「オレは面白いほうの味方だ。ま、そういう意味じゃ片方だけに肩入れっていうのは面白みに欠けるから、お前の提案を前向きに聞いてやってもいいかなって思ってるぜ？」

そう、この男はこういうやつ。

すべて自分本位。自分が楽しければすべてよし。周囲の人間は自分を楽しませる駒。そういう恐ろしい人種なのだ。

一番嫌いなのは、威圧的ないじめっ子タイプ。しかし得体の知れないこういうタイプは、二番目に嫌いというか、とにかく苦手だった。

スーちゃんと友達でなければ口もききたくないタイプだ。そもそもなぜこんな人がスーちゃんと友達なのか。

わからない。わからないけれど……今は彼の力が必要だ。

「それについては保証してもいいわ。面白いわよ」

「へぇ……」

感情の読みづらいつぶやき。この一言で一筋縄ではいかない雰囲気を出すところが悪い意味で常人ではない。

でも手段なんて選んでいられない。だって今の状況の危険さを知ってしまったから。

『えっ？　今なんて言いました？　充《みつる》先輩』

『白草《しろくさ》ちゃん、君、今回の出来事でかなり巻き返されているよ？』

白草《しろくさ》にとって阿部《あべ》は、一つ年上の親戚のお兄さん的な存在だった。同じ学校でかなりの事情を知っているものだから、愚痴を言いたいときはつい連絡してしまう。

ただ一方的に話すばかりではなく、阿部《あべ》自身も末晴《すえはる》に強く興味を抱いているため、群青《ぐんじょう》同盟のメンバーに関する話を聞きたがり、たびたび白草《しろくさ》に連絡をしてくる。

ということでちょこちょこ連絡し合うものの、互いに男女としての感情が欠片《かけら》もないことから、まさに親戚同士のような関係だった。

『話の出どころは内緒なんだけどね、実はこういう話を聞いて――』

そこで聞かされたのは、恋において圧倒的に優位な立場にいたのに、いつの間にか五分のところにまで戻されているという現実だった。

そして理解する。虎視《こし》眈々《たんたん》と爪を研ぎ、深慮遠謀にてそれを実現させた志田《しだ》黒羽《くろは》という女の恐ろしさを。

『た、確かに……。充《みつる》先輩の言う通り、私、夢は叶《かな》ったけど……恋では後退してたわ……』

白草《しろくさ》は愕然《がくぜん》とした。夢が叶《かな》って喜んでいる場合ではなかったのだ。

(あの女……名前が示すように、黒い羽が生えているんじゃないだろうか……)

白草《しろくさ》は真剣にそう思ってしまった。

末晴《すえはる》主演でCMを作るという魅力的な餌で注意を引き付けておいて、裏でこそこそよりを戻そうとするなんてまさに悪魔的だ。夢を叶《かな》えたのだから恋は譲れと言っているようにさえ感じる。

このままでいたら末晴《すえはる》を取られる。間違いなく。

待っていちゃダメなのだ。自ら動いて勝ち取らなければならない……大事な初恋を。

(そのためには……甲斐《かい》くんの協力が必要だ)

そもそも信用できるか、という問題はある。

群青《ぐんじょう》同盟が夢を叶《かな》えてくれたけれども、恋は後退した。そしてその群青《ぐんじょう》同盟は甲斐哲彦《かいてつひこ》の発案だ。要するに甲斐哲彦《かいてつひこ》という男は、自分の夢を叶《かな》えてくれたと同時に、この状況へ落とした元凶と言っていい。

そのため信用はできない。する気もない。

ただ末晴《すえはる》と恋のライバルたちを除くと、群青《ぐんじょう》同盟全体に影響力を持つ唯一の存在――それが甲斐哲彦《かいてつひこ》だった。なので無視することはできなかった。

(充《みつる》先輩曰《いわ》く、甲斐《かい》くんは中立――)

中立と言えば聞こえがよいが、見ようによっては敵にも味方にも傾きうるということだ。

実際この前まで敵となっていたことは間違いない。

(でも――)

黒い羽を持った悪魔に対抗するためなら、この得体の知れない中立の悪魔の力さえも利用してやる。

「実はパパが沖縄《おきなわ》にプライベートビーチを持っているの――」

十月三日、火曜日。CM勝負の祝勝会をした日。

落ち着く間もなくまた新たに事態が動き始めようとしていた。

第一章　旅行の始まりは準備から

*

体育館の奥にある第三会議室は、四人以上の部員を確保し、正式に部として承認されたエンタメ同好会こと〝群青《ぐんじょう》同盟〟の本拠地である。

今、部室内には緊張感が漂っていた。

中にいるメンバーは全部で六名。

群青《ぐんじょう》同盟の鉄砲玉であり、役職名〝正直すぎて残念〟の俺、丸末晴《まるすえはる》。

群青《ぐんじょう》同盟の首謀者であり、役職名〝だいたいこいつのせい〟の甲斐哲彦《かいてつひこ》。

群青《ぐんじょう》同盟のナンバー2であり、役職名〝黒幕〟の志田黒羽《しだくろは》。

群青《ぐんじょう》同盟の知恵袋であり、役職名〝ポンコツ〟の可知白草《かちしろくさ》。

群青《ぐんじょう》同盟のゴールデンルーキーであり、役職名〝客寄せパンダ〟の桃坂真理愛《ももさかまりあ》。

あと一人は玲菜《れな》だが、彼女だけは正式メンバーではなく準メンバー扱いであり、今もビデオカメラを片手に撮影をしているので役職はない。

なお、これらの役職名は五名の正式メンバーがそれぞれ案を出し合い、無記名投票により多数決で決まったものだ。

そして現在、司会者である哲彦《てつひこ》がホワイトボードの前に立って、座る四名に視線を向けた。

「まずは真理愛《まりあ》ちゃん、〝群青同盟《ぐんじょう》〟への正式参加ありがと。転校、来週からだっけ？」

「ええ。今は準備や手続きをしています。ただ〝群青同盟《ぐんじょう》〟には実質今日から正式参加のつもりです。よろしくお願いします」

「はい、拍手！」

哲彦《てつひこ》の合図で拍手をする。

黒羽《くろは》と白草《しろくさ》の拍手がかなりおざなりなのは――突っ込まないでおこう。

「ということで、ここにいる五名が正式メンバーだが、まずは組織とシステムについて改めて説明したいと思う。ここからは群青《ぐんじょう》チャンネルを初めて見る人のための解説動画としてあげる予定だから、説明が必要だと思う点は積極的に突っ込んでくれ」

哲彦《てつひこ》は皆が頷《うなず》いたのを確認して進めた。

「群青同盟《ぐんじょう》には『正式メンバー』と『準メンバー』の二種類があって、『正式メンバー』は以下の権限と義務がある。権限は『企画の提案権』『企画への投票権』『企画の拒否権』の三つ。そして義務は『企画への参加』となっている。もしどうしても参加ができない場合は、最初からその旨《むね》を伝え、投票しないこと。それが条件だ」

哲彦《てつひこ》は説明しつつ、今言ったことをホワイトボードに書き記していく。

「つまり『正式メンバー』だけが企画を提出することができて、その企画に対する投票や拒否ができるってことね」

動画のための配慮だろう。白草《しろくさ》が確認した。

「ああ、その代わり『正式メンバー』は企画が決まった際、参加が義務付けられる……ってことだ。まあ部活なんだから、みんなで決めた企画に参加するのは当然だろ？」

「まあな」

と俺は返答したが、若干の不安はある。

哲彦がどんな企画をぶっこんでくるのか……これが未知数だからだ。

哲彦《てつひこ》の話は続く。

「企画は誰かが提案し、無記名投票を行い、多数決で決める。ただし拒否権が使用された場合、多数決の結果に関係なく、その企画はボツとなる。これは誰か一人でも絶対にやりたくない企画があった場合への配慮だ。ちなみに拒否権を使うときだけ記名が必須だ」

「まあ、参加が義務なら拒否権は必要よね」

「そうですね、モモも賛成です」

白草《しろくさ》と真理愛《まりあ》が賛同を示す。

拒否権かぁ……。ちょっと具体的にどんなときに使うのかイメージが湧かない。

おそらく哲彦《てつひこ》はいろんな状況を想定して用意したのだろう。それだけに深い意図がある気がしたが、ひとまず異論はなかったので、ふむふむとわかっているフリをしておいた。

「前に説明したときはここまでしか話してなかったが、もう少し内容を詳しく決めたから聞いてくれ。補足なんだが、同じ企画、またはそれに類する内容の企画は月に一度しか提案できないことにする。これは拒否権とセットになっていて、拒否権も月に一度しか使えないことにするつもりだ」

「哲彦《てつひこ》くんが言ってることって、要するに企画のゴリ押し禁止ってこと？」

黒羽《くろは》の問いに、哲彦《てつひこ》は白い歯を見せた。

「ご名答」

「おい、哲彦《てつひこ》。もう少し具体例出してくれないか？　イマイチつかみにくい」

「じゃあ、代わりにわたしが一つ例を」

真理愛《まりあ》が身を乗り出してニコッと笑う。

あいかわらずの愛されオーラとふわっふわの髪。まだ見慣れない穂積野《ほづみの》高校の制服姿が初々《ういうい》しく、横を通り過ぎると思わず振り返ってしまう美少女ぶりだ。

真理愛《まりあ》はしっかりものの妹ここにありと宣言するかのように、朗々と語りだした。

「つまりあれですね。白草《しろくさ》さんが末晴《すえはる》お兄ちゃんと哲彦《てつひこ》さんのボーイズラブの脚本を書いて、ドラマを撮ろうと執拗《しつよう》に企画を提出した場合、その制限がなければ女子三名が乗り気だと押し切ることができてしまうということですね」

「おいっ、モモ！　その妄想は怖すぎるんだがっ！」

「ちょっと桃坂《ももさか》さん、あなたの趣味に私を巻き込まないでくれるかしら？　心外なんだけれど？」

白草《しろくさ》が鋭い目つきで威嚇する。普通の男子高校生ならひざまずかざるを得ない、そんなクールな眼光だ。

真理愛《まりあ》が可愛《かわい》いなら、白草《しろくさ》は美しい。絹のような黒髪は艶やかで、凛《りん》としたたたずまいはだいぶ慣れてきた俺でも時折緊張してしまうほどの美しさがある。

ただそんな美しさも真理愛《まりあ》にはまったく通じていなかった。

「……本当に？」

真理愛《まりあ》が意味ありげにつぶやき、俺と哲彦《てつひこ》に流し目を送る。

白草《しろくさ》は視線を追って俺と哲彦《てつひこ》を見比べ……目の奥にある炎を揺らめかせた。

「なしではない、と言っておくわ」

「ですよね」

俺は怖気《おぞけ》が走り、いきり立った。

「ですよねじゃねーよっ！　おい、モモ！　言っておくがそんな企画が出てきたら俺は確実に拒否権使うからな！」

「あくまで仮定の話ですよ、末晴《すえはる》お兄ちゃん」

「嘘《うそ》をつくな！　お前の目は仮定に見えなかった！」

真理愛《まりあ》は小首を傾《かし》げ、いつもの人を蕩《とろ》かす愛らしい笑みを浮かべた。

「いやいや、だから俺はその笑みには騙《だま》されないって！」

「はいはい、話が進まないでしょ！　静かに！」

黒羽《くろは》が手を叩《たた》いて話を切る。もっともな言い分なので、俺たちはやむなく黙るしかなかった。

哲彦《てつひこ》はその間にマジックペンで『準メンバー』についてホワイトボードに書いていた。

「で、正式メンバーはここにいる五人だが、それとは別に『準メンバー』という概念も用意した。これは企画ごとに参加するメンバーで、まあお試しメンバーってところだ。企画の提案権はなく、投票権もない。だから拒否権もない。つまり企画には参加せず、企画が決まった後、『今回参加するか？』と聞いて、参加したいと言ったらその企画限定で参加することになる。現在の『準メンバー』は玲菜《れな》だけだ」

玲菜《れな》は撮影しているので、黙ったまま俺たちに手を振った。

たったそれだけの振動。なのに胸が揺れている。素晴らしい。

さすが穂積野《ほづみの》高校が誇る最終兵器。この逸材、準メンバーではもったいないな……。

「――ハッ⁉」

周囲の冷たい視線を感じ、我に返った。

……見てたの、バレてる？

「ミテナイヨ？」

「末晴《すえはる》お兄ちゃん、今、自白しなくてもよかったんですよ？」

「…………」

「…………」

みんな（特に黒羽《くろは》と白草《しろくさ》）の視線が痛い。

俺は絶望した。

「聞いてくれっ！　これは男としての本能なんだっ！　エロは悪じゃないっ！」

「……パイセン、前にも言いましたけど、セクハラは犯罪っスよ？」

ぐっ、と俺は喉が詰まり――頭を下げた。

「す、すいませんでした……」

「はいはい、最初からそうやって素直に謝れば可愛《かわい》げあるんスよ。これだからヘタレは」

「最後の一言余計だよね⁉　後輩らしく先輩を尊重しようぜ⁉」

俺たちのやり取りを温かな目で見守っていた真理愛《まりあ》が、肩をすくめた。

「玲菜《れな》さんは『正式メンバー』でもいい気がしますが、何でも屋さんのお仕事がありますしね」

やれやれといった感じで哲彦《てつひこ》も続いた。

「そういうことだ。ちなみに参加希望者を受け入れるか否《いな》か、そして正式とするか準とするかは、企画と同じく『正式メンバー』全員の投票で決める。当然拒否権もありだ。ただ参加希望者に関する拒否権は企画とは別扱いで、使い放題にしたほうがいいと思ってる」

真理愛《まりあ》が頷《うなず》いた。

「なるほど、例えばモモとしてはどうしても入れたい人がいるけれど、哲彦《てつひこ》さんはどうしても入れたくない――そんな場合、哲彦《てつひこ》さんが拒否権を使えないタイミングを狙ってモモが参加投票をねじ込めば通ってしまう。それは納得できないから封じておきたい。そういうことですね」

「そうだ」

あー、なるほど。企画と違ってメンバー投票はいつでもありうるし、投票する機会もずっと多いかもしれない。そうなると一ヶ月に一度しか拒否権が使えないという縛りが重く、拒否権が使えない隙を狙ってやられると、そりゃ辛《つら》い。

「でもよ、哲彦《てつひこ》。せっかく入りたいってやつをさ、そんな厳選するような真似《まね》していいのか？　一応部活の一環だろ？　なんかさ、俺たちそんなに偉くないっていうか、感じ悪くないか？」

正直、今のところ拒否権を使うほど嫌な相手なんて思いつかないし。そもそもちょっとくらい気に食わないだけで門前払いみたいなことをするのは……と思ってしまう。だって第一印象が悪くても、その後仲良くなる例なんていくらでもあるだろうから。

「確かにハルの言うことも一理あるかな……」

「一理あったとしても、正直私は拒否権があったほうがいいと思うわ」

この辺、ちょっと性格出てるな。

黒羽《くろは》は社交的で誰にでも愛想《あいそ》がいいタイプだが、白草《しろくさ》はどちらかと言えば排他的で、嫌と思ったら絶対ダメというタイプだ。なので白草《しろくさ》のほうが拒否権の採用に積極的なのだろう。

「哲彦《てつひこ》さん……現在群青《ぐんじょう》同盟に入りたいと言っている人、どのくらいいるんですか？」

真理愛《まりあ》の問いに、哲彦《てつひこ》は指を鳴らした。

「オレが拒否権を用意した理由が、まさにそれだ。おい、末晴《すえはる》。お前、群青《ぐんじょう》同盟に入りたがっているのって、どんなやつが多いと思う？」

「……そうだな。まあモモに近づきたいやつなんて腐るほどいるか」

俺はあえて真理愛《まりあ》を例に挙げた。世間の知名度で言えばダントツで一番だからだ。

でも……あれ？　学内だけで言えば、黒羽《くろは》や白草《しろくさ》目当てでも、正直真理愛《まりあ》に引けを取らないくらいいるんじゃないだろうか……？

「ん……？　もしかして……」

黒羽《くろは》も白草《しろくさ》も芸能人の真理愛《まりあ》と並んでも見劣りしないような美人だし……。しかもＣＭ勝負でさらに一般人への知名度が上がり、当然のごとく世間でも人気急上昇中で……。そんな女の子と仲良くなれるなら、今の部活を辞めてでも入りたいってやつ、滅茶苦茶《めちゃくちゃ》多くてもおかしくないわけで……。

「哲彦《てつひこ》……群青同盟《ぐんじょう》に入りたいってやつ……男が多いか？」

「八割男だな」

「なるほど！　必要だな、拒否権！　さすが哲彦《てつひこ》、よく用意しておいてくれた！」

いやー、哲彦《てつひこ》の頭が回ってよかった！

群青《ぐんじょう》同盟の女の子たちはみんな、俺にとって親しく、大事に思っている子たちばかりだ。

だから彼女たちにそこいらの馬の骨がほいほい声をかけてくるのはさすがに許せない！　ちゃんと信頼できる男ならともかく、下心満載で近寄ってくるなんて、虫唾《むしず》が走るってもんだ！

つまりこれはね？　そう、これは別に独占欲とかそういうわけじゃなくてね？　彼女たちの身の安全と幸せを願ってだね？

……………すいません彼女たちが横から現れた見ず知らずのイケメンに取られるなんて考えたくもないんでマジ勘弁してくださいというのが本音ですハイ。

「…………」

「…………」

ん？　黒羽《くろは》と白草《しろくさ》が俺を見た気がするんだが……。

一瞬、俺が『モモに近づきたいやつなんて腐るほどいる』と特別扱いしたことで、真理愛《まりあ》と仲が悪い二人の機嫌を損ねてしまったのかと思った。しかしちょっと雰囲気が違っていて、何というか、様子見というか、不安げというか、呆《あき》れというか。何にせよ、ちょっと真意がつかめない。

「二割は女子なんですね」

真理愛《まりあ》の言葉に、黒羽《くろは》と白草《しろくさ》の肩が小さく震える。

俺はポンっと手を叩《たた》いた。

「あー、なるほど。哲彦《てつひこ》狙いが他校から来る可能性があるか」

哲彦《てつひこ》は校内の女子に総スカンを食らっているとはいえ、顔だけはいい。顔だけだが。

だから他校から哲彦《てつひこ》目当ての女子が群青《ぐんじょう》同盟に入りたいと言ってくるのは、納得できる。

こいつもCMとMV両方に出演しているから、知名度は格段に上がっているのだ。

「おい、哲彦《てつひこ》。他校の生徒も受け入れるのか？」

「移動時間を考えると大変だろうから、今のところ準メンバーとしてなら受け付けてもいいと思ってる」

そうだな。他校で企画への参加が義務というのは、ちょっと難しそうだ。

「あの、そうではなくて……」

真理愛《まりあ》が話しかけたところを白草《しろくさ》が肩に手を置いて止めた。

「桃坂《ももさか》さん、言う必要があることかしら？」

「もちろん絶対の必要性はないですが、いずれわかることですし……」

「なら別に言わなくていいんじゃないかしら？」

「はぁ。わかりました。先輩のご忠告ということで、黙ります」

白草《しろくさ》は動画に残さないよう、人差し指と中指でハサミを作り、玲菜《れな》に『この辺りはカットで』と強調した。

「いやいやいや、どういうことだかわからんのだが⁉」

俺が続きを話すよう目で催促すると、真理愛《まりあ》はニッコリ微笑《ほほえ》んだ。

「では哲彦《てつひこ》さん、続きを」

「お前あいかわらず人の話聞かねぇな！」

真理愛《まりあ》とか哲彦《てつひこ》とか、問い詰めてもしゃべらないんだよなぁ。何か隠しているようで気持ち悪いが……いずれわかると言っていたし、あまり気にしないことにするか。

「じゃあ仕切り直して――第一回企画会議を行う！」

哲彦《てつひこ》のパリっとした声で、緊張感が戻ってくる。

そもそも今日の集まりは、この話がメインなのだ。

「その記念すべき最初の企画の提案者は――オレだ」

哲彦《てつひこ》は自身を親指で指し示すと、一枚のプリントを全員に配った。

「えー、オレはＣＭ公開初日から群青《ぐんじょう》同盟公式ツイッターで企画を募集していた。で、これが群青《ぐんじょう》同盟でやって欲しい企画の投票結果のグラフだ。で、見ての通り一位は――」

哲彦《てつひこ》はさらさらとホワイトボードにペンを走らせると、トドメにバンッと強く叩《たた》いた。

「――正式メンバーの女性三名によるPV撮影だ！　ちなみに水着あり、な」

ほう……。

なるほどなるほど……。

今回は女性メンバーを前面に押し出すということか……。

うちのメンバーは綺麗《きれい》どころが揃《そろ》っている。さすが皆さんわかってらっしゃる……。

「哲彦《てつひこ》……ちなみにもう十月なんだが、水着ありとは？」

どこがポイントかと言えば、ここが最重要ポイントだろう。

「実は沖縄《おきなわ》にツテがあってな。沖縄《おきなわ》ならまだ泳げるから大丈夫だ」

「金の問題は？」

「この前のＣＭ勝負の利益がある。勝利したんだし、パーッと次の企画への投資に使ってもいいだろ。だから全員の旅費、宿泊費、食費のすべてを群青《ぐんじょう》同盟から出すつもりだ」

「女性三名ってことは、曲はアイドル路線？」

「当然そのつもりだ。今回は仕事の依頼が来ているのではなく、群青《ぐんじょう》同盟の認知度アップを狙った企画でな。まあぶっちゃけ、歌や踊りが下手でも注目を浴びてくれれば文句はねぇ。そのための曲と振り付けはすでに用意してある」

「哲彦《てつひこ》――」

俺はスッと手を差し出した。

「俺はお前のこと、前から天才だと思っていたぞ」

哲彦《てつひこ》はニヤッと笑い、手を握り返した。

「オレは最初から知っていたけどな」

「ふんっ、言ってやがる」

「男同士で何盛り上がってんのよーーーーっ！」

大声で俺たちの友情を吹き飛ばしたのは――黒羽《くろは》だった。

「あのね二人とも、何を言っているかわかってるの⁉　あたしたちに水着になれと！」

「それがどうした、志田《しだ》ちゃん？」

「ありえない！　恥ずかしすぎる！　二人ともそこに並んで正座しなさい！」

あ～、完全にお説教モードに入ってしまっている……。

……まあそうだよね。普通そういう反応だよね。

黒羽《くろは》に詰め寄られた哲彦《てつひこ》だったが、微塵《みじん》も動揺することなく言い切った。

「志田《しだ》ちゃんさ、別に見せて恥ずかしいようなスタイルじゃないだろ？」

「この状況で賞賛しつつ挑発するとか、お前のカスっぷりがこういうとき最高に頼もしいわ」

俺が思わず黒羽《くろは》の程よい膨らみの胸に目を向けると、黒羽《くろは》は慌てて両手で隠した。

そして赤面しつつ――激怒した。

「そういう問題じゃなーーーいっ！　女の子の柔肌を世間にさらせというのが非常識なの！」

「グラビアアイドルはみんなやってるが？」

「あたしたちはグラビアアイドルじゃないでしょ！　モモさんは別かもしれないけど、あたしは普通の高校生！　動画を公開するだけでも抵抗感あるのに、水着はホント論外だから！」

ぐっ、これはさすがに黒羽《くろは》が正論。

でも――絶対負けられない戦いがここにある。

退《ひ》けない……っ！　ここは何としても……っ！　説得しなければ……っ！

そう思い、俺は口を開いた。

「クロ……わかってくれ。水着は男のロマンなんだ」

「はぁ？　わかってくれ？」

言った後にしまったと思った。

さすがに今、わかってくれという言い方はマズすぎる。

「ハルさ……今、わかってくれって言ったよね……？　あれだけあたしがわかってくれって言ったのに、言われなければわかんないだろと言ったハルが、その言葉使う⁉」

「あー、いやー、そういうつもりじゃなくてだな……」

ヤバい。一日経《た》って小康状態になっていたのに――完全に再燃させてしまった。

「そういうつもりじゃなくて⁉　じゃあどういうつもりなのよ⁉　ハルのスケベ！　あたしたちの水着見て、ぐへへへとか言って喜んでるんでしょ！」

「いや、ちょ、邪《よこしま》な気持ちがないとは言わないが、そこまでじゃなくて……」

「見るだけならともかく、動画に撮って世間にさらす？　見るだけで満足できないってこと⁉　変態！　変態変態変態！」

「ちょ……はぁ？　変態⁉」

スケベなのは認めよう。水着を見たいことも認めよう。

しかしこれらは健全な高校生男子なら多かれ少なかれ持つ感情だ。

なのに変態とは……さすがに謂《いわ》れなき暴言には反論せざるを得ない！

「何で俺が変態なんて言われなきゃいけねーんだよ！」

「変態じゃない！」

「へんっ、そんなに隠すほどのものかねぇ～？」

俺はこれ見よがしに鼻で笑ってやった。

もちろんそれに対する黒羽《くろは》の反応は――ブチギレである。

「はぁ？　何それ⁉　今、なんて言った⁉」

「いやいや別に、何も言ってませんけど～？」

「何、その言い方！　ちょっとハル！　お姉ちゃんの目を見て言いなさいよ！」

俺たちがぎゃあぎゃあぶつかるのを、他のメンバーは冷めた視線で眺めていた。

「モモも正直反対というか、さすがに水着は……と思ってましたが……」

真理愛《まりあ》がつぶやくと、白草《しろくさ》が応じた。

「桃坂《ももさか》さんは歌とかダンスとかやったことがあるのかしら？」

「モモはあくまで女優路線でしたので、役の一環としてそれっぽいことを一度やったくらいですね。ただ歌もダンスも基礎レッスンに入っていましたので、やらなければならないとなればそれなりにできる自信はありますが。白草《しろくさ》さんは歌とダンスの経験は？」

「あるわけないじゃない」

「では反対で？」

「そうね」

「なら拒否権を使わなくても反対三票で否決できそうですね」

「……いえ」

白草《しろくさ》の目が光る。

「悪いけれど、私は志田《しだ》さんも桃坂《ももさか》さんもそれほど信用していないわ。口でどうこう言っていても、ギリギリで賛成に回るかもしれない。そうなるとスーちゃんと甲斐《かい》くんは賛成だろうから、通ってしまう可能性がある。だから――」

白草《しろくさ》は俺と黒羽《くろは》の争いを尻目に、哲彦《てつひこ》を手招きした。

「企画の修正を求めるわ。水着の部分を外して。そうしなきゃ私、拒否権を使うわよ」

「げっ」

哲彦《てつひこ》がこれ見よがしに眉を曲げた。

「最初から拒否権が使われそうな企画を持ってくるあなたが悪いのよ。最初くらい投票を成立させたいでしょ？　ならこれくらい呑《の》みなさいよ。私だって拒否権の無駄使いはしたくないわ」

「……ちっ、しゃーねーな」

哲彦《てつひこ》はため息をつき、ホワイトボードに書いてあった『水着あり』の部分を消した。

「初《しょ》っ端《ぱな》から拒否権使われるのはさすがに縁起が悪い。ということで、可知《かち》の意見を採用し、一部修正した。これなら拒否権は出さなくてもいいだろ？」

「でもあたしたちがＰＶでさらし者になることに変わりはないんでしょ……っ！」

哲彦《てつひこ》は大げさな手ぶりで黒羽《くろは》をなだめた。

「まあまあ落ち着けよ、志田《しだ》ちゃん。この空気ならどうせ否決されるだろ？　それで満足してくれよ。それとも何か？　投票よりも、もっと末晴《すえはる》と喧嘩《けんか》続けたいか？」

「っ……わかった。じゃあもう投票しよ」

というわけで投票である。

哲彦《てつひこ》が紙を配り、それぞれ◯か×かを記入。無記名投票なので、書くことはそれだけだ。

紙を折りたたみ、用意された投票箱へ。そして折りたたまれた五枚の紙を哲彦《てつひこ》が順番に広げ、ホワイトボードに貼っていった。

「次に×、と。これで○と×、二対二だな」

四票開いて、現在二対二。

俺と哲彦《てつひこ》は○に決まっている。ただまあ今回は×三つで否決だろうな。

俺がそんなことを思っている中、哲彦《てつひこ》は最後の一票を開けた。

「最後は……○。つーことで今回の企画は可決だ」

その瞬間、場は奇妙な沈黙に包まれた。

「……えっ？」

「……はっ？」

「……ホント？」

「……嘘《うそ》ですよね？」

誰もが驚く展開だった。でも確かに――○は三票ある。

「誰よ!?」

黒羽《くろは》が立ち上がって白草《しろくさ》と真理愛《まりあ》をにらみつける。

無記名投票。その恐ろしさがまざまざと出たと言っていいだろう。

女子三人の中で誰かが○に投票した。しかしそれが誰かわからない。

「それは私のセリフよ、志田《しだ》さん。あなた、そうやって騒ぎ立てて自分がこっそり賛成したことを、ごまかそうとしているんじゃないかしら？」

「はぁ⁉　何よそれ⁉」

「だってそうとしか考えられないわ」

「何であたしがそんなことしなきゃならないのよ！」

確かに黒羽《くろは》には動機がない。

しかし白草《しろくさ》は退《ひ》かなかった。美しい黒髪を指ですいて、一部の熱烈な白草《しろくさ》ファンが最高と評する冷めた目つきで言い返す。

「ほらだって、さっきスーちゃんと喧嘩《けんか》していたでしょう？　少し冷静になって、仲直りするきっかけが欲しくなった結果、男性陣に媚《こび》を売ろうとしたとか、ありえそうな話じゃないかしら？」

「そうですね……。モモとしても白草《しろくさ》さんの言葉には説得力があるように思えますね……」

真理愛《まりあ》からも疑いの目を向けられたことが想定外だったのだろう。

黒羽《くろは》は挙動不審となった。

「ちょ、ちょ、えっ⁉　だからそんな……っ！　ちがっ……あたしじゃ……っ！」

「はいはい、ストーップ！」

哲彦《てつひこ》が割って入った。

「わりぃけど、投票で決まったことだからこれ以上の詮索なしな。ぶっちゃけオレ的には女性陣のうち誰が○に投票したかなんてどうでもいいし。そもそも特定したら無記名投票のメリットがなくなるだろうが」

「ぐっ……」

黒羽《くろは》は奥歯を噛《か》みしめた。

「さて、と。じゃあ沖縄《おきなわ》だが……今週の土曜から二泊三日で行くから」

「はぇぇな⁉」

さすがに突っ込まざるを得ない。

だって今日は水曜日。三日後に行くとか、滅茶苦茶《めちゃくちゃ》だろ。

「末晴《すえはる》、もう十月に入ってるんだぜ？　せっかく沖縄《おきなわ》に行くなら泳ぎたいだろ？　ただいくら沖縄《おきなわ》って言っても、海で泳げるのはもうあと一、二週間程度だ。急ぐ必要があるだろうが」

「まあ、そりゃそうだけどさ」

「そして沖縄《おきなわ》に行くのに、一泊二日じゃ物足りなくねぇか？」

「それは同感」

「つーわけで、体育の日で三連休の今週末にするのがベスト。ま、今回は仕事じゃないし、企画自体が可愛《かわい》い女の子たちが歌って踊ってるのを見せるという、一種のファンサービスだ。だからそんなに時間かけて精度上げなくてもいいんだよ」

「そりゃそうかもしれないが……」

歌や踊りを動画で公開って聞くと、ついついばっちり決めたい！　って血が騒いでしまう。

まあ俺、今回出番ないけど。

「ちょっとちょっと、哲彦《てつひこ》くん！　あたし、その日にちだとマズいんだけど！」

「何だよ、志田《しだ》ちゃん。予定があるのか？」

「今度の三連休、うちのお父さんが学会で海外なの。お母さんもそれに付いて行く予定で……あたしがいないと、家に妹たちだけになっちゃう」

「女ばっかりって言っても、三人もいれば大丈夫じゃねーの？」

「大丈夫じゃないって。みんな中学生よ」

哲彦《てつひこ》は少し考える素振りを見せた。

しかしあまり考えることなく、すぐに結論を出した。

「ならさ、志田《しだ》ちゃん。妹たちも連れて来いよ」

「えっ⁉」

「ぶっちゃけ、手伝いが欲しかったんだよ。オレと末晴《すえはる》、それと玲菜《れな》が裏方に回るだろうが、カメラとか音響とか、あと飯作る係とか、とにかく人手が足んねーんだよ。とりあえず準メンバー扱いにして、旅費とかも出してやるよ」

「おいおい、いいのか、哲彦《てつひこ》？」

「現地スタッフを雇うってアイデアもあるが、正直群青《ぐんじょう》同盟の基礎能力の把握と向上を図りたいんだよ。だからできる限りは自分たちだけでやってみるつもりだ」

「まあ確かにな……」

CMやMVで俺たちは役者をやったが、撮影や編集はプロに頼んでいる。現状、俺たちだけでどの程度のものが作れるかはわからないから、今後群青《ぐんじょう》同盟を運営していくうえで必要な過程と言えるだろう。

なるほど、哲彦《てつひこ》も満更冗談で企画したわけではないらしい。

しかしそうなるとメンバーが少なすぎというのは哲彦《てつひこ》の言う通りだろう。かといって無秩序に集めればきっと女の子狙いの男どもが群がるだけだ。

その落としどころとして黒羽《くろは》の妹たちというのは悪くない。碧《みどり》たちならよく知っているし、適当に集めたメンバーが幅を利《き》かせてくるよりずっとやりやすいだろう。

黒羽《くろは》が言った。

「あの、次女の碧《みどり》は受験生で、土曜は模試なの。三女の蒼依《あおい》も部活があったはず。まあ朱音《あかね》は空いていると思うし、蒼依《あおい》は部活を休ませても大丈夫だとは思うけど……碧《みどり》は無理よ」

そっか、碧《みどり》のやつ模試が近いってこの前言ってたもんな。

「じゃあしょうがねぇ。志田《しだ》ちゃんとその妹ちゃんたちは日曜に合流で。撮影は月曜に行うから、土曜は自主練習していてくれ」

「えっ……」

黒羽《くろは》は愕然《がくぜん》としていた。

「ちょ、待って、哲彦《てつひこ》くん。延期じゃなくて……？」

「延期するとしばらくは三連休がないだろ？　十一月だと太陽ギラギラかどうかわかんねぇし」

「そ、そうだけど……じゃあもうちょっと近場でいいんじゃない？　別にそんなに無理して沖《おき》縄《なわ》に行くことは……」

「わかってねぇな、志田《しだ》ちゃん。俺がこの時期に設定したのは『夏の思い出』のためだ」

哲彦《てつひこ》は流れるような口調で突きつける。

「東京はすでに秋。でもさ、オレたちは結成が遅かったせいで、夏の思い出を残せなかったわけよ。高二の夏——つまりは受験のない最後の夏ってわけだ。今回の企画はこれを取り戻す最後のチャンスってわけ。志田《しだ》ちゃんはやり残したことないのか？」

「それは……」

一瞬、黒羽《くろは》が俺を見た気がしたが、気のせいだったかもしれない。

「あることはあるんだけど……」

「なら決定な」

「うっ……」

「哲彦《てつひこ》さん」

今度は真理愛《まりあ》が手を挙げた。

「モモも一応、土日に仕事の残務処理があるのですが……」

そっか、真理愛《まりあ》はかなり急に事務所をやめた。何かあった際はやめることになっていたから、仕事の整理は以前から行っていただろうが、さすがに残ってしまったものもあるだろう。

「じゃあラストの日から来るか？」

「…………」

真理愛《まりあ》はこの場にいる全員の顔色を観察し――

「……何とかしますので、初日から参加します」

と告げた。

「おいおい、モモ。本当に大丈夫か？　無理してないか？」

「根性で何とかします」

「根性でどうにかできるのか……凄《すげ》ぇな……」

どれだけ力を持っているんだろうな、真理愛《まりあ》のやつ。末恐ろしい存在だ。

「まったく……もう少し余裕を持って欲しいのだけれど、しょうがないわね……」

白草《しろくさ》の予定は大丈夫なようだ。

ちなみに俺の予定も問題なし。この感じだと哲彦《てつひこ》と玲菜《れな》も大丈夫なのだろう。

「あ、甲斐《かい》くん。手伝いと言うなら、芽衣子《めいこ》はどうかしら？」

「……あ？」

哲彦《てつひこ》がほんの僅かだが……眉をひそめた。

「だから、私の友達の峰芽衣子《みねめいこ》よ。あの子、凄《すご》く家庭的でいい子なのよ。手伝いが欲しいなら、これ以上ふさわしい人材はいないわ。……そうだわ。私、あの子、正式メンバーでもいいと思うの。それが無理なら準メンバーでも。投票、しないかしら？」

哲彦《てつひこ》は目を伏せ、ため息をついた。

「可知《かち》、言っておくが、本人の意思を確認したか？」

「えっ？」

「やりたくないやつを入れることはできねーぞ。意思を確認して、峰《みね》が入りたいって言うなら投票してやるよ」

「あの子部活に入ってないから、私が声をかければ入りたいって言ってくれると思うけど……」

「とにかく電話でもメールでもいいから確認してみろよ。話はそれからだ」

「……わかったわ」

その場で白草《しろくさ》は電話をかけた。

すぐに峰《みね》は出たが、見る見る間に白草《しろくさ》の表情がかげっていった。

「……えっ、ダメ……？　何で……？　……あ、そう……うん……わかったわ……残念だわ……。……ううん、いいの……じゃあまた明日……」

漏れている声だけで結果はわかった。

スマホケースを閉じた白草《しろくさ》は、口惜《くや》しそうに告げた。

「ダメだったわ。いろいろ予定があるんだって」

「ほら見ろ。いくら推薦制と言っても、本人の意思を無視すんのはさすがになしだからな」

黒羽《くろは》がスッと手を挙げた。

「じゃあ、うちの妹たちについては？」

「今回に限っては志田《しだ》ちゃんが妹たちを家に置いていけないって話なんだろ？　だからまあ、準メンバー扱いってだけで、正式な準メンバーじゃねぇから。それにもちろん本人が嫌と言うなら旅行に不参加な」

「了解」

俺は思いきり背伸びした。

「しっかし沖縄《おきなわ》かぁ……っ！　まさか海に行けるとはな……っ！　完全に諦めてたぜ！」

元々うちは母親が死んだ後、まともな家族旅行をした記憶がない。父親と遠出するのは親戚の家くらいなものだ。

中学くらいまでは志田《しだ》家との合同旅行があった。しかし俺と黒羽《くろは》が進学校の高校に入り、勉強が忙しくなったせいで去年からは行っていない。

さらに今年の夏は、俺と黒羽《くろは》の関係が微妙になってしまっていた。なので夏休みの思い出と言えば、哲彦《てつひこ》との軽い小旅行があった程度で、あとは夏期講習とだらけた日常で終わってしまった。

ヤバっ、そう考えると楽しくなってきた。

雲一つない空！　焼け付くような白い砂浜！　エメラルドグリーンの海！

しかも黒羽《くろは》、白草《しろくさ》、真理愛《まりあ》といった可愛《かわい》い女の子の水着まで見られるなんて……っ！　特に白草《しろくさ》の水着姿はグラビアでも一度も掲載されたことがない、超レアもの……っ！

「ふふ、ふふふっ……」

これは親父《おやじ》所有の一眼レフを持って行かざるを得ない、な……。

「ちょっと、ハル」

黒羽《くろは》に呼ばれ、俺は振り返った。

「何だよ、クロ」

さっきまで喧嘩《けんか》していたが、別に普通の会話を拒否するつもりはない。

ただ少し荒げた声になってしまったことは、言ってすぐに反省した。

「来週中間テストでしょ？　マズくない？」

「あっ……」

言われるまで完全に忘れていた。

「この前のテスト、ひどかったでしょ？　次のテストで巻き返さないとマズいんじゃないの？」

「あっ、いや、それはだな……」

先週にあった実力テストで俺は、それはもうひどい点数を取っていた。

先週と言えばＣＭ勝負の撮影に忙殺されていた時期であり、しょうがない部分はある。ただ哲彦《てつひこ》、黒羽《くろは》、白草《しろくさ》の成績は元々五十番以内だ。全員多少落ちたそうだが、元々がいいので影響は少なかった。

しかし俺は違う。だいたい四百人中三百番程度で、今回はさらに五十番ほど落ちた。

ヤバい。ぶっちゃけかなりヤバい。

俺は勉強があまり得意ではなく、集中力もやる気もない。それでも危機感を覚え、一日一時間から二時間程度の予習復習をしているのだが、進学校なのでそれでも平均に届かない。そもそも穂積野《ほづみの》高校に受かったのだって、黒羽《くろは》の猛特訓があってこそだ。

なのでちょっとサボればすぐに落ちてしまう。まったく自分のアホさ加減が恨めしい。

「遊んでいていいの!?　おじさんに報告するからね!?」

「ちょ、クロ！　親父《おやじ》に言いつけることないだろうが！」

「どうせバレるでしょ！　うちのお母さんが旅行のこと、おじさんに話さないはずがないじゃない！」

「ま、まあ、そりゃそうだけどさ……」

言っていることが正論過ぎて反撃できない。

「――はい、残念でした！　今回の旅行、点数の悪い子はお姉ちゃんの指導による勉強合宿です！　構わないよね、哲彦《てつひこ》くん？」

ギロリ、と黒羽《くろは》がにらみつけると、さすがの哲彦《てつひこ》も渋い顔をした。

「いやー、それやりだすと設営とかの人員が……」

「ハルが補習になったら部活やる時間もなくなるんだけど？」

「あー、まあなぁ……わかった。わかったよ。志田《しだ》ちゃんが動画を頑張ってくれるなら……その条件、呑《の》もう」

「……わかった。それでいい」

「まあ、志田《しだ》ちゃんならわかってると思うけどさ」

そう前置きして、哲彦《てつひこ》は念押しした。

「三人での合わせの練習時間をなるべく削りたくないから、沖縄《おきなわ》に来た時点で歌もダンスも一定以上にしておいてくれよ。一番下手なのに勉強を教える役ってのはさすがになしな」

「……わかった。その話、呑《の》む。日曜に合流するまでにちゃんとできるようにしておく」

「オッケー。話は成立だ」

「つーかさ、点数悪い子って俺しかいねぇじゃん。つまり俺だけ勉強合宿か？」

「ハル、安心して。碧《みどり》は模試の出来に関係なく、勉強合宿に参加させるから」

「あいつは受験生だしな……」

「あと一人、怪しい子がいるんだけど……」

黒羽《くろは》の視線の先にいたのは——真理愛《まりあ》だった。

「モモさんって、この学校に入る際、転入試験とか受けたの？」

「ありませんよ？　金と権力でねじ込みましたが何か？」

「モモさ、その顔で金と権力を堂々と使うのやめてくれる!?　マジで世の中ってどんだけ汚れてるのって気持ちになっちゃうからさ!?」

可愛《かわい》い妹キャラから出てくる『金と権力』ってワード、ミスマッチすぎて怖いんだけど！

「ちなみにモモさ、前の高校での成績は？」

「最低限の出席と最低限の成績だったので、あまり人様に言えるようなものでは」

「まあそうだよなー」

真理愛《まりあ》、人気だし。学校に通うと決めたからオファーを断っているレベルの女優だ。勉強する暇なんてなかっただろう。

「お前、頭、絶対いいんだけどな。さすがに勉強時間が少なすぎるか」

「追いつく自信はあるのですが、偏りがありまして」

「偏りって例えば？」

気になったので尋ねてみた。

「明治時代の役をもらって、その時代の勉強をしたり、とか。あと源氏物語《げんじものがたり》をがっつり読んだりもしました。教科で言うと、国語や社会はそんなに悪くないです」

「じゃあ理数系は？」

真理愛《まりあ》はスーっと視線を逸《そ》らし、その後小首を傾《かし》げてニコッと微笑《ほほえ》んだ。

「いやだから、笑顔浮かべても俺はごまかされないからな！」

「末晴《すえはる》お兄ちゃんはどうなんですか？」

「俺はむしろ理数系科目のほうが得意。平均点以上取ってる」

「じゃあ他は？」

俺は真理愛《まりあ》の真似《まね》をして、可愛《かわい》らしくニコッと微笑《ほほえ》んでみた。

すると横にいた哲彦《てつひこ》から腹パンを食らった。

「いてぇな、哲彦《てつひこ》！　何すんだ！」

「いや、なんかムカついたから」

「何でムカつくんだよ！」

「女の子がニコッと笑ったら？」

「可愛《かわい》いな」

「男がニコッと笑ったら？」

「キモいな」

「そういうことだ」

やべっ、納得しちまった。

真理愛《まりあ》が無言で手を挙げたので、哲彦《てつひこ》が発言を促した。

「哲彦《てつひこ》さん、沖縄《おきなわ》にツテがあると言っていましたが、日程的に宿泊場所は大丈夫ですか？　モモにも多少ツテがありますが？」

「それなら大丈夫だ。可知《かち》の親父《おやじ》さんが、沖縄《おきなわ》に別荘とプライベートビーチを持っているらしくてな。タダで貸してもらえることになってるんだ」

「……………え？」

黒羽《くろは》は目を丸くすると、壊れかけたブリキのおもちゃのような動きで白草《しろくさ》を見た。

「いやー、ありがてぇ話だよな。高校生なのに、プライベートビーチとかありえねーだろ？」

「マジか、哲彦《てつひこ》！　すげぇ！　さっすが総一郎《そういちろう》さんは太っ腹だな！」

「私、今年行ったけれど、とてもいいところよ。ぜひスーちゃんにも見て欲しいわ」

俺たちが盛り上がっていると、黒羽《くろは》が冷気のこもった口調で言った。

「可知《かち》さん……そういうこと……」

白草《しろくさ》はニヤリと笑って応じる。

「何のことかしら？　私はスーちゃんに自分のお気に入りの場所を見せられそうだから、喜んでいるだけなのだけれど？」

「……っ⁉　まさかあたしの家の予定まで調べて……っ！」

白草《しろくさ》は肩をすくめ、わざとらしく首を左右に振った。

「まったく、言いがかりはやめて欲しいわ。どうして私があなたの家の予定を調べなきゃいけないの？」

「ということは、水着の条件を入れておいてわざとらしく取り下げさせたのも、無理やり企画を通すためだったのね……っ！　ふふっ、そう……そういうこと……っ！　あなた、哲彦《てつひこ》くんと手を組んだのね……っ！」

「邪推はやめてくれないかしら？　私が甲斐《かい》くんと組む？　私と彼の仲が悪いのは見ての通りよ？　そんなことあるはずないじゃない」

「……なるほど。やりますね。鮮やかじゃないですか、白草《しろくさ》さん」

真理愛《まりあ》がポツリとつぶやくが、小さい声でよく聞こえない。

「く……くぅぅぅ！」

黒羽《くろは》は完敗とばかりに机に突っ伏した。

……うーん、こういうパターンのとき、どちらかと言うと黒羽《くろは》の意見に賛同することが多い俺だが、今回は黒羽《くろは》が先走りすぎている気がする。

「クロ、ちょっと頭冷やせよ。さすがにシロを敵視しすぎだって」

黒羽《くろは》がカチンときた感じで振り向いたので、俺はなるべく冷静に語った。

「哲彦《てつひこ》は群青《ぐんじょう》同盟の会計とかで総一郎《そういちろう》さんと連絡を取っているから、その際にプライベートビーチについて聞くなんて別におかしいことじゃないだろ？　それにクロの家の予定を調べるなんて、そもそもできるのか？　それこそ探偵を雇うレベルじゃないと無理だろ？　シロがそこまでやるか？　哲彦《てつひこ》とシロが組むのも、ちょっと非現実的だろ。組ませようとしても、どっちも嫌がってやらないいんじゃないのか？」

「ちょ……ハル……はぁ⁉」

黒羽《くろは》はめちゃめちゃ心外と言わんばかりに顔を歪《ゆが》め、俺をにらみつけた。

「何言ってるの⁉　あたしを信じてくれないの⁉」

「……お前を信じるとかじゃなくて、どっちの話のほうが信ぴょう性があるか、だろ？」

「で！　それで！　あの負け犬のほうを信じると！」

「……とりあえずシロを負け犬と呼ぶのをやめろよ、クロ」

「ちょ……それあたしにだけ言うの⁉」

互いにひどい呼び方をし合っているからどっちもどっちということはわかっているが、でも今、黒羽《くろは》があからさまに負け犬と言っている。だから黒羽《くろは》をとがめるのは当然だろう。

「言って悪いかよ」

「悪いよ！　あれでしょ！　あたしにムカついているからそんなこと言うんでしょ！」

ここに来て蒸し返され、俺の怒りも一瞬で沸点を超えた。

「だとしたらどうなんだよ！　言っとくが、今回喧嘩《けんか》売ってきたの、クロからだからな！」

「あたしが⁉　違うでしょ！　喧嘩《けんか》を売ってきたのはハルでしょ！」

「どーしてそうなるんだよ！　俺はクロと喧嘩《けんか》したいわけじゃねーよ！」

「ならどうしてあたしが言うことを信じてくれないのよ！」

「だから今回は論理的に――」

「論理的か論理的じゃないかじゃなくて、信じられるか信じられないかでしょ！」

あっ、黒羽《くろは》もまた、俺が思ったことを思っている。

俺たちは互いを信じていないんじゃないか。俺はそう思った。

俺がそう思うくらいなんだ。賢い黒羽《くろは》が思わないはずがない。

「じゃあどうなんだよ！　クロは俺のこと信じてるのかよ！」

「うっ……」

黒羽《くろは》が思わず詰まった。

そうだ。黒羽《くろは》も自覚している。

相手に自分を信じるよう強要しているが、そもそも自分が相手を信じていないって。

ダメだ。俺たちは完全に——相互不信の迷路に迷い込んでしまっている。

「…………」

「…………」

「「……………ふんっ！」」

俺たちはにらみ合った末、同時にそっぽを向いた。

残ったメンバーが肩をすくめて見つめ合う。

誰も仲裁をすることなく、俺たちに触れることもなく、会議は終了になった。

残ったのは、ＰＶ撮影旅行に行くことになった事実と、胸に宿るしこりだけだった。

＊

今日は水曜日、カレーの日だ。

そのため俺は帰宅途中にスーパーへ寄り、一通りの材料を買いそろえた。そして帰宅後カバンをリビングのソファーに投げ捨てると、さっそく調理を始めた。

水曜日はいつもなら黒羽《くろは》が掃除や洗濯をしに来てくれる。でもさすがに今日は——あれだけ喧嘩《けんか》した後では——望めそうにないだろう。

「どうしような、これ……」

先週掃除してもらったばかりなのに、すでに放り投げたままのシャツやらゴミやらがそこかしこに散らばっている。

普段から意識すればこんなに散らかるはずがない。たぶん俺は、無意識的に毎週黒羽《くろは》が掃除してくれるから大丈夫だ、と思ってしまっているのだ。

「いかんいかん……」

甘えている。そもそもいくら幼なじみとはいえ、同級生の女の子が家に来て家事をやってくれるというのが異常なのだ。あまりに距離が近すぎて、いて当たり前、やってくれて当たり前なんて心のどこかで思ってしまっていたに違いない。

この世には当たり前のことなんてあるはずないのに――

「……ほとぼりが冷めたら、ちゃんとお礼を言わなきゃな」

俺は反省し、水回りの掃除を始めた。

すると携帯が鳴った。ホットラインの受信音だ。

『今日はくろ姉さんが忙しいようなので、わたしが掃除に行ってもいいですか？』

むしろこっちから頼むような内容なのに、あくまで控えめ。蒼依《あおい》らしい文章だった。

悪いかなとも思ったが、少し悩んだ結果、俺はお願いすることにした。他にやらなければならないことがあったからだ。

返信して十五分経《た》たず、蒼依《あおい》はやってきた。

「じゃあはる兄さん……掃除はわたしにお任せくださいっ！」

むんっ、と小さくつぶやき、拳を握って力強さをアピールする。とはいえか細い二の腕は力強いという表現には程遠く、そのギャップが可愛《かわい》らしい。

蒼依《あおい》は中学一年生。背は一五〇センチ程度で大人しい感じの風貌。清楚《せいそ》なガーリーファッションが愛らしさを増幅している。動くと揺れるツインテールがいかにも女の子らしくて、ついつい甘やかしたくなってしまう存在だ。

「カレーをもう少し煮込みたいから、食事は一時間後くらいにして、先に掃除をお願いしていいかな？」

「はい！」

嫌な顔一つせず……いや、むしろ嬉《うれ》しそうな表情で蒼依《あおい》は頷《うなず》く。

本当にこの子、天使や……。

「本当ならアオイちゃんだけに任せず、俺も一緒に掃除しなきゃって思うんだが……今日は任せていいか？」

「もちろん、そのつもりで来ましたから。でも――」

「でも？」

「わたしに任せたいってことは、やることがあるんですよね？　それって、わたしが掃除していると邪魔になりませんか？」

誰かに電話するとかを想像したのだろうか？　よく気が回る子だ。

「いや、ちょっと成績が下がってマズいから、少しでも勉強しないとな……。ホントならアオイちゃんが帰ってからやればいいだけの話なんだけど、一人だとついサボっちゃうからさ。こうやって宣言しておいて、退路を断って頑張ろうって算段なんだ。ごめんな、今度何かお礼をするから」

「ふふっ、そういうことでしたか」

ポンっと蒼依《あおい》は両手を胸の前で合わせた。

「お気になさらず。掃除はお任せください。さっ、はる兄さん、早く勉強を」

「……だな」

蒼依《あおい》とは話がとても穏やかに進むからありがたい。

碧《みどり》だったら『アタシだけにやらせやがって！』なんて悪態をついてくるだろうから喧嘩《けんか》になる。

朱音《あかね》だったら朱音《あかね》の学力が高すぎて、それこそ数学なんかは四つも年下なのに俺が教えられる立場になりかねないので、迂闊《うかつ》に目の前で勉強できない。

蒼依《あおい》の前だと、俺は肩ひじ張らずにお兄さんぶることができるし、兄的存在として恥ずかしい真似《まね》はできないと身が引き締まる。だから今日、黒羽《くろは》の代わりに来てくれたのが蒼依《あおい》でよかったと心から思った。

「さて……やるか」

リビングのテーブルに参考書を広げる。ここからなら鍋が噴いたらすぐに見えるから、万が一の場合も安心だ。

まずは今日の復習から始める。教科は英語。ただ――

（眠くなった時間も結構あったから、覚えてないところも多いな……）

文法もきっちり理解していないし、そもそも単語の記憶量が足りない。

俺は英単語帳を開き、ぶつぶつ口の中で発音してみた。

「頑張ってください、はる兄さん」

俺は蒼依《あおい》が優しい視線を送ってくれていたことに気づかず、英単語帳と悪戦苦闘を続けた。

きっちり一時間後。

洗濯物を洗濯機に放り込み、最低限の掃除を終えた蒼依《あおい》は、そろそろ食事にしましょうかと提案してきた。

俺はカレー皿に二人分よそうと、蒼依《あおい》の皿にだけハチミツをかけて出した。

「「いただきます」」

蒼依《あおい》はスプーンを口に運ぶと、パァッと顔を輝かせた。

「あ、これです。この味です。ホッとします」

「よかった。そういやアオイちゃん家《ち》じゃ毎週俺がカレー作ってるせいで作ってないんだって？」

「ええ、だからわたし、カレーが食べたかったんです。特にはる兄さんのが」

そっか、食べたいとリクエストがあると黒羽《くろは》から聞いてはいたが、そう言ってくれていたのは蒼依《あおい》だったか。

「アオイちゃんはそうやっていつも俺を持ち上げてくれるよなぁ」

「持ち上げるわけではなく、本当にそう思ってますよ？　例えばわたしにだけハチミツ入れてくれるじゃないですか。こういうの、凄《すご》く嬉《うれ》しいです」

この子は人を褒めることにためらいがない。きっと学校でも周りから愛されているだろう。

蒼依《あおい》は辛いものが全くダメだ。黒羽《くろは》は舌が宇宙で、碧《みどり》はむしろ辛いもの好き。朱音《あかね》は味にこだわりがないと四姉妹全員嗜好《しこう》が違うので、志田《しだ》家の食卓は『自分で勝手に好きなようにアレンジしろ』という精神がある。なのでその分、配慮されることが嬉《うれ》しいのかもしれない。

「はる兄さんって、高校卒業までは芸能界に行かないと決めたみたいですけど、その後は考えているんですか？」

「ん？」

「わたし、勝手にはる兄さんは大学に行かずに芸能界に戻ると思ってしまっていたので」

「何でそんな風に？」

蒼依《あおい》はどこか寂しそうな表情を浮かべ、視線をさまよわせた。

「この前のCM勝負、わたしは素人《しろうと》なのでよくわからないのですが……そんなわたしから見てもはる兄さんは芸能界こそが天職に思えたので」

「そっか……うん、ありがとな」

賞賛されるのは嬉《うれ》しい。ただこの子の場合、喜びすぎないよう警戒しなきゃいけない。蒼依《あおい》はすぐ褒めてくれるので、いちいち真に受けていたら、調子に乗りすぎてしまうからだ。

俺は最初の質問の回答に戻った。

「卒業後のことはまだ決めてないいんだ。もう少し悩んで、それから決めることにしたんだ」

「……そうなんですか？」

「何というか、変な打算やめようと思ってさ」

「打算って、何ですか？」

「CM勝負もさ、最初結構打算がよぎったんだ。ここでうまくやればもっと仕事が来ておいしい思いができるんじゃないかな、とか、売れっ子に戻れたら都合よく芸能界と両立できないかな、とか。でもすぐに何だか違う気がしたんだよ」

「そういうこと考えるの、普通じゃないんですか？」

「うん、普通なんだけど、俺、そういうの向いてないんじゃないかって思ってさ。昔は目の前のことをそのときどきで一生懸命やってて、それでうまくいったし。何より告白祭のとき、クロが『元々誰かのために演技をしていた』ってことを教えてくれてさ。それをＣＭ勝負のときも思い出して。だから原点に返るというか、その場その場で周りのために一生懸命頑張るってのが大事じゃないかなって思ってるんだ。だから今は、目の前のことだけを見て一生懸命やろうかな、って」

「わぁ……」

蒼依《あおい》が目を輝かせて俺を見つめてくる。

「素晴らしいです、はる兄さん。わたし、感動しました」

やっぱりこの子、完全に天使。こうやって素直に受け止め、素直に褒めてくれるから、俺も素直に話せる。素直って大事なことだな。

「わたし、くろ姉さんとの愛を感じました」

「ぶっ！」

飲みかけた水を思わず吹いてしまった。

蒼依《あおい》は手元にあった布巾でテーブルにこぼれた水を拭きつつ、咳《せ》き込《こ》む俺を労《いたわ》った。

「どうしたんですか、はる兄さん？」

「あ、いや……いきなり愛とか言われてさ」

「だって、くろ姉さんの言葉を心に焼き付けてはる兄さんは生きているってことじゃないですか？　愛の深さを感じました」

あかーん！　聞いていて恥ずかしいぞ！

この子、純粋なだけに恋愛を美化しすぎというか、スイーツ入っているというか……さすがにむずがゆくなってきた！

俺は恥ずかしくて顔が熱くなってしまったが、蒼依《あおい》は不思議そうにしているだけだ。

うん、蒼依《あおい》は自信満々なタイプではないし、突っ込んだら傷ついて萎縮してしまいそうだ……。これはお兄さんとして温かく見守るしかなさそうだ……。

俺はやむなく話題を変えた。

「そういやアオイちゃんはどうして俺の進路が気になったんだ？　俺にもっと役者の仕事をやって欲しかったとか？」

「もちろんはる兄さんの活躍を見たいって気持ちはあるんですが、それよりどうして勉強を頑張るのかな、って」

「おかしいかな？」

「だって大学に行かずに芸能界に行くのなら、勉強をする必要はないじゃないですか？」

俺はコップを摑《つか》み取《と》って水を飲み干した。

「へー、アオイちゃんからそんな言葉が出てきたのには、結構びっくりだ。クロなら大学行かないって決めても『高校生のうちは勉強しなきゃダメでしょ！』とか言いそうだし」

「ふふっ、確かにくろ姉さんなら言いそうですね。わたし、くろ姉さんほど強くないんで、嫌なことをしなくていいなら、ラッキーでいいんじゃないかって思っちゃうんです」

「それ、自然なことだって。俺だって勉強大嫌いだし」

「でも、してるじゃないですか。志望の大学でもあるんですか？」

「いや、ないなぁ」

「ならどうして？」

こういう自分の持論を話すのって恥ずかしい気もするけど……蒼依《あおい》なら笑わず聞いてくれそうだ。

そう思って口を開いた。

「俺、学校の勉強って保険だと思ってるんだよ」

「保険？」

「いい大学に行けば行くほど潰しが利《き》くっていうか。いい条件の保険に入る感じ。もし今、やりたいことが決まっているなら、関係ないことを勉強する必要はないだろ？　例えば料理人になりたいやつは、中学卒業してすぐ修業に行っていいんだ。自分の進みたい大学の試験科目が数学と英語だけなら、他の科目を勉強しなくてもいい。そういう人生の目標が決まっている人に保険はいらないから」

「なるほど。はる兄さんが勉強を保険と言ったのは、進路が決まっていない人にとっていい大学に行ったほうがいろんな方向に進める可能性を遅くまで残せる……という意味ですか？」

朱音《あかね》ほどじゃないかもしれないけど、やっぱりこの子も頭いいなぁ。父親が大学教授だし。

「そうそう。俺、学校の勉強って目標が決まってないやつのためにあると思ってるんだよ。目標が決まっていれば、その目標から逆算してやることって決まってくるし。まあもちろん逆算した結果が学校でいい成績取るって場合もあるだろうけどさ。で、俺は芸能界に行くかどうかはまたそのときどきで決めることにした。つまり目標が決まってない。だから勉強しなくちゃな」

「わぁ……素晴らしいです」

蒼依《あおい》がポンと両手を胸の前で合わせる。これ、いいことを聞いたと思ったときの癖だ。

「まさかはる兄さんがそんな風に考えていたなんて……わたしびっくりしました」

「アオイちゃん……俺のこと、何も考えてないやつだと思っていたな……？」

「あは、あははは……そ、そんなことないですよ？」

うーん、この子はやっぱり嘘《うそ》が下手だ。俺みたいに不器用とかじゃなくて、嘘《うそ》にすぐ罪悪感を覚えてしまうので、根本的に嘘《うそ》が向いてないタイプ……そんな感じだ。

いやでも、実は嘘《うそ》が滅茶苦茶《めちゃくちゃ》うまいからこそ、時折嘘《うそ》が下手なように見せかけている、とか

……？

バカか、俺。こんな天使みたいな子がそんなことするはずないか。

「で、でも！　はる兄さんのことを尊敬しているっていうのは、本当ですよ？」

嘘《うそ》は隠せないと見て、いいと思うことを口に出すことで話の方向を変えようとしたようだ。

「嬉《うれ》しいこと言ってくれるなぁ。俺、学校とかじゃバカにされてばっかりだし」

「はる兄さんのいいところは、その明るさと正直さだとわたしは思っています」

「何も考えてないだけだって」

「そんなことないと思いますよ？」

「あるある」

「……まあ、そういう偉ぶらないところがわたしはす――」

と、そこまで言って、蒼依《あおい》は顔を真っ赤にして固まった。

「……す？」

俺が問いただすと、今度は真っ赤から一転、真っ青になった。

「す……す……凄《すご》いなぁ……と思っていまして……」

「お、おう……ありがとう……」

もちろん何だかごまかされてしまった感じは残ったが、蒼依《あおい》は顔を背け『もうこれ以上触れないでください！』というオーラを出している。可愛《かわい》い妹のような子をこれ以上問い詰めるのも気が引けるので、俺は素早く引き下がった。

食事を終えて、俺は食器洗いに入り、蒼依《あおい》は掃除を再開した。

俺は洗い物を終え、今度は洗濯機へ。洗濯物を乾燥機へぶち込んでいく。これはさっき相談し、力仕事なので俺が買って出たのだ。その間蒼依《あおい》は掃除機をかけて回っていた。

その後、俺は再びリビングに戻り、勉強に取りかかった。

パタパタと蒼依《あおい》が歩き回る音がしたりするが、不思議と勉強の邪魔にならない。むしろ自然な感じがして、勉強が進む。

何かの調べで、静かすぎるより多少音があったほうが集中できるっていうデータがあるんだったっけ。東大行く人の家庭を調べたら、普通の家庭より勉強する場所がリビングって答えた人が多かったなんてことをテレビでやっていたことがあった。

ふと目の端に蒼依《あおい》が映って顔を上げる。すると蒼依《あおい》も気がついて、にっこりと癒やしの笑みを浮かべてくれる。これが凄《すご》く心地いい。

なのに少し寂しい気もする。

蒼依《あおい》が悪いんじゃない。きっと俺は、本来ここにいるはずの黒羽《くろは》がいないことが寂しいのだ。

そんな思いを胸に抱きつつ、俺は目の前の課題に向かった。

「にゃんこが一匹増えて～♪　にゃんこがにゃんにゃんにゃんこになって～♪」

掃除機の音に混じって蒼依《あおい》の歌声が聞こえる。どうやら音が相殺《そうさい》されてこちらに聞こえていないと思っているらしい。

（ドジっ子なところがまた可愛《かわい》い……）

なんかこう、おーよしよしよしよしっ！　と髪やあごを撫《な》で回《まわ》してやりたくなる可愛《かわい》さがこの子にはある。

なのでついシャープペンシルを持つ手を止めて見つめていると――

「あっ……」

蒼依《あおい》が俺のほうを振り向き、赤面した。

「あっ、あのっ、はる兄さんっ！　も、もも、もしかしてわたしの歌を――」

「大丈夫、聞こえてないから」

嘘《うそ》が下手くそな俺だが、このときばかりは最善を尽くした。

だって蒼依《あおい》は引っ込み思案で、自信がない。ここでからかうと、俺は嫌われてしまうかもしれない。

この嘘《うそ》は蒼依《あおい》を救うためのものであり、幸せにするためのものだ。だから俺は舞台での演技と同レベルで嘘《うそ》をつこうとし……それは今回、成功したようだ。

蒼依《あおい》はほっとため息をついた。

「ならよかったです……」

「うん、大丈夫だって」

「ええ、だいじょう――」

ここまでつぶやいて、蒼依《あおい》が固まった。

「……あ、あの、はる兄さん……」

「何だ？」

「大丈夫って、聞こえているから言う言葉ですよね……？　普通聞こえていないときは、何か言った？　とか、そういうような言葉ですよね……？」

あー、うん、そうだな……その通りだ……そこに気づいちゃったか……。

「アオイちゃん」

俺は親指を立てて白い歯を見せた。

「どんまい」

「あうううぅぅぅぅぅぅぅぅぅぅぅぅっ！」

蒼依《あおい》はゆでだこのように真っ赤になると、そのまま顔を隠してしゃがみこんだ。

「はる兄さんの意地悪……」

ちらっと俺を見て、涙目で訴えてくる。

やばっ、慎重に対応したつもりだったが、完全にいじけてしまった……。

「あ、あの……悪かったよ、アオイちゃん。別にからかうつもりなんかなくてな……」

「本当ですか？」

「ああ」

「誰にも言わないですか？」

「もちろん」

「……なら。そもそもわたしが歌い出したのが悪かったので」

これだよ、これ。

悪いと思ったら謝る。互いが互いに配慮し、許し合う。

これこそ理想的な喧嘩《けんか》の仲直りの仕方だろう。

何で俺と黒羽《くろは》は今回、こうやってうまく仲直りできないんだろうな……。

今までも喧嘩《けんか》するときはあった。でもすぐに仲直りした。まあ、ほとんどの場合、俺が悪かったパターンだったから、冷静になった俺が謝って終わりだったわけだが。

でも今回は今までと違う感じだ。

もっと根が深いというか……終わりが見えない。そんな怖さがある。

どうすればいいんだろうな……。

「あの、はる兄さん……？」

「ん？」

「どうかしましたか？　急にぼーっとして」

「いや、まあ、ちょっと考え事を、な……」

考えていたことを口に出すわけにもいかず、俺がそっと視線を外すと、蒼依《あおい》は掃除機を床に置いて近づいてきた。

「あの、はる兄さん……考えていたのって、くろ姉さんのことですよね……？」

「あ、いや、それは……」

「ごまかさなくてもわかりますよ？　くろ姉さんと喧嘩《けんか》したんですよね？」

蒼依《あおい》は黒羽《くろは》の代わりに掃除に来ている。だから俺と黒羽《くろは》が喧嘩《けんか》してしまったことは、当然承知のうえだろう。だとしたら俺がぼけっとしていた理由なんて、すぐに見抜けたに違いない。

「まあな。あ、でもアオイちゃんに聞かせるような話じゃ……」

「――聞かせてください」

蒼依《あおい》が詰め寄ってきた。引っ込み思案なこの子にしては、非常に珍しいことだ。

「もちろんはる兄さんが言いたくないのなら無理強いはできないですが……わたし、くろ姉さんもはる兄さんも尊敬しているので、力になりたくて……」

誠実な想《おも》いが伝わってくる。

この子の場合、相談しないほうが傷つけてしまうかもしれない。自分が未熟で、相談に乗る器がないせいだ、と思ってしまいかねない。

俺は蒼依《あおい》に話したくないわけじゃなかった。ただ守ってあげたい存在なので、心配させたり、不安にさせたりしたくなかっただけだ。

けれども何も言わないことのほうが傷つけるのであれば、言おうと思った。

「ならアオイちゃん、聞いてくれるか？　恋愛相談だから、少し恥ずかしいんだけど……」

「はる兄さん……。わたしなんかでよければ——はい、乗りますよ、恋愛相談」

蒼依《あおい》は本当に嬉《うれ》しそうに笑った。

随分気を回させてしまっていたんだなと反省しつつ、俺は黒羽《くろは》との喧嘩《けんか》のあらましを語った。

…………

…………

……

「そういうことでしたか……」

俺は正面切って話すのも恥ずかしいので、話しながら特製激甘ロイヤルミルクティーを作り、L字型ソファーに座る蒼依《あおい》に差し出した。

蒼依《あおい》は斜め前に座った俺の様子をうかがいつつ、ミルクティーの香りを楽しんだ。そして息を吹きかけて冷まし、慎重にカップに口をつけ——舌をやけどしかけた。

あいかわらずのドジっ子ぶりだが、本人は気づかれていないと思っているらしく、澄ました顔に戻ってそっとカップを皿に戻した。

「はれ兄さん」

「どうもすえはれです」

蒼依《あおい》は舌をやけどしたせいでかんでしまったようだ。そのハプニングから生まれた『はれ兄さん』という単語があまりに秀逸だったので思わずそう突っ込むと、蒼依《あおい》は顔を真っ赤にした。

「もぉ～っ、はる兄さんの意地悪っ！」

蒼依《あおい》が身体《からだ》を目一杯伸ばして俺の肩をペチペチと叩《たた》く。

この辺の行動は黒羽《くろは》とおんなじだなぁと思うが、黒羽《くろは》のゼリー攻撃は本気で痛かったのに対し、蒼依《あおい》の攻撃はまったく痛くない。怒っているのに相手に痛みを与えることに抵抗感があるらしい。そういう優しい子なのだ。

「悪かった！　悪かったって！」

「本当にそう思ってます？」

「ゴメン、本当は悪かったっていうより面白かったって思ってる」

「もぉ～っ、もぉ～っ、もぉ～っ！」

ツインテールを振り乱しているあたり、本気で怒っていることがうかがえる。しかし蒼依《あおい》は三女で内向的。黒羽《くろは》と違って鼻にかかった声にちょっと甘えたニュアンスが混じっていて、嗜《し》虐心《ぎゃくしん》をくすぐる。

この子、普段から素直で可愛《かわい》いけど、困らせると一層可愛《かわい》いからついからかいたくなってしまうんだよなぁ。

でもやりすぎると信用を失ってしまうので、終わらせることにした。

「いやいやいや、ホント悪かった。ほらほら、ロイヤルミルクティー冷めちゃうぜ？」

「……冷めたほうがいいんですっ」

あ、すねてる。

そこがまた可愛《かわい》くていたずらしたくなったが、話を戻したほうがよさそうだ。

「それでさ、アオイちゃんはどう思う？　俺の話を聞いて、どっちが悪いと思う？」

俺が真剣に聞いていることを察したのだろう。

蒼依《あおい》はすぐさま真顔になり、前かがみに伸ばしていた身体《からだ》を元に戻した。

「あの……ですね。あまり怒らないで欲しいのですが……」

「大丈夫、こういうことは正直に言ってくれたほうがいい。率直な感想を聞かせてくれ」

「では言いますと……真っ先に浮かんだ言葉が『夫婦《ふうふ》喧嘩《げんか》は犬も食わない』です」

「…………ん？」

あれ、思っていたセリフとだいぶ違うぞ？

正直、『大人げない』とか『鈍い』とか、そういうことを言われると思ってたんだが……。

「ああ、やっぱり本人は気がつかないんですね……。あのですね、はる兄さんとくろ姉さんの喧嘩《けんか》って、二人の愛のパワーが溢《あふ》れていて、聞いているほうがお腹《なか》いっぱいというか、ただただ疲弊すると言いますか……」

「えっ⁉　そんな感想⁉」

「本音を言わせてもらえば、どっちもどっち、というか、もうどうでもいい、というか、早く仲直りして付き合い始めたほうがいいのでは、と――」

「ちょ、ちょっと待った！　俺とクロは本気で喧嘩《けんか》してるんだけど！」

「はい、それを踏まえた感想ですよ？」

……何だろう、俺と蒼依《あおい》では感覚がだいぶ違うのだろうか。

もう少し説明したほうがいいかもしれない。

「クロはどうして俺に本音を語ってくれないんだろうな。ごまかしたいことがあるから、嘘《うそ》をついた。そうだろ？」

「なるほど、はる兄さんはだいぶ不信感でいっぱいのようですね」

「でもそれはクロもだろ？　俺に不信感があるから、嘘《うそ》をつく」

「……何というか、信用って難しい言葉ですよね」

男より女のほうが成長が早いと言うが、中一なのにこんな言葉が出てくる蒼依《あおい》は精神的に成熟しているほうだろう。

「わたし、はる兄さんの正直さって凄《すご》く安らぎますし、尊敬できる部分なのですが……みんな、はる兄さんのように心を開けっぴろげにできないと思うんですよ」

「へっ？」

「はる兄さんの言う『嘘《うそ》がいけない』というのはまさにその通りで、はる兄さんは実際に嘘《うそ》をつけないタイプの人だと思うんです。けれども、はる兄さんと同じレベルで実行するのは、かなり難しいと思うんです」

「というと、アオイちゃんは俺が悪いから、俺から謝ったほうがいい、と?」

「そうではなくて、ですね……」

俺の言い方が少しきつくなってしまったせいか、蒼依《あおい》は慎重に言葉を選んで答えた。

「どっちが悪いかって言ったら、わたしはくろ姉さんのほうに非があると思っています。ただ、ですね。くろ姉さんの気持ち……わたし凄《すご》くわかるんです。なのではる兄さんにあまり責めて欲しくない、というか、できれば大きな心で受け止めて欲しいな、なんて甘えたことを思ってしまいます」

「う、うーん……」

黒羽《くろは》のほうが悪いけれども気持ちがわかるから許してやって欲しい?

何だかわかるようなわからないような……。

「くろ姉さんは『結果』を重視し、はる兄さんは『過程』や『手段』を重視しているイメージですね。同じ方向を向いているのに、重視している部分が違う。そのせいでかみ合っていないだけかと」

「ぐ、具体的には?」

「それを考えるのがはる兄さんの務めだと思いますよ?」

ヤバい。頭が混乱してまとまらない。

蒼依《あおい》は年下なのに慈愛に満ちた笑みで俺を見守ってくれている。

何となくだけど、蒼依《あおい》の言いたいことはわかるんだ。

だとしても俺としては『黒羽《くろは》のほうが悪いのなら、まず一言ちゃんと謝るくらいしてくれてもいいよなぁ』って気持ちがどうしてもある。

「……はる兄さんは、くろ姉さんが好きですか？」

「…………」

頭を掻《か》いてごまかそうかと思ったが、蒼依《あおい》の目は真剣だ。

だから俺も正直にならざるを得なかった。

「好き……なんだけど……盛大に振られているし……喧嘩《けんか》もするし……どこまでクロのこと信じていいかわからないし……」

「……あの……こんなこと聞いていいかわからないですが……」

「ん？」

蒼依《あおい》は目を伏せ、迷わせ、唾を飲み込んだ後、意を決して口を開いた。

「他に……好きな人ができましたか？」

一瞬、白草《しろくさ》の顔がよぎりかけて、俺は首を左右に振った。

「わからない……」

黒羽《くろは》を好きな気持ちも、尊敬の念も変わらずある。

でも喧嘩《けんか》をしているせいか、その気持ちが心の奥底に隠れてしまい、見えにくくなっている。もう少し落ち着けばわかると思うが、今、黒羽《くろは》のことを考えると、心にもやが立ち込めてわからなくなってしまう。

「そうですか……」

蒼依《あおい》は少し冷めてしまったロイヤルミルクティーを、むしろちょうどいいと言わんばかりにゴクゴクと飲んだ。

「あのですね、はる兄さん。焦《あせ》って決めることだけはやめたほうがいいと思うんです」

「…………」

さすが朱音《あかね》と双子だ。似たようなことを言う。

この前、朱音《あかね》は『ポジティブな感情で進路を決めるべきだ』というアドバイスをくれた。

蒼依《あおい》が言っていることもそれに少し似ている。

「恋愛って、中途半端《ちゅうとはんぱ》な気持ちで選んでしまうと、大変なことになってしまうのではないでしょうか？」

「……わかるよ。身近にそういう悪い例、あるから」

独占欲と利害と恋愛感情が絡《から》み合《あ》って泥沼に陥り、ひどい修羅場になったのを何度も見たことがある。

哲彦《てつひこ》ってやつのせいでな。

「今、はる兄さんって、くろ姉さんと喧嘩《けんか》しているじゃないですか。こういうとき、冷静な判断力がなくなっていると思うんですよ。だから今、くろ姉さんを選ばないからといって、別の人を選ぶみたいなことは、後悔に繋《つな》がりかねないと思うんです」

「誰かを選ぶにしても、もっと冷静になってからのほうがいい、と？」

「はい。今度、群青《ぐんじょう》同盟の皆さんで沖縄《おきなわ》に行くんですよね？」

「ああ。アオイちゃんは来るのか？　クロから話は聞いているんだろ？」

「はい、わたしたち姉妹四人は、二日目から行きます」

「おお、そっかそっか」

とりあえず人手は確保できたか。ならよかった。

今回はやることが山積みだ。

群青《ぐんじょう》同盟三人の女の子のPV撮影。これがメインで、俺と真理愛《まりあ》と碧《みどり》は勉強合宿。残りのメンバーはサポートだが、PV撮影となると、ステージの設営、衣装、音響の用意などなど、人手はいくらあっても足りない。足りない分は哲彦《てつひこ》が手配するのだろうが、なるべく群青《ぐんじょう》同盟だけでやりたいと言っていたし、人手が足りない場合はひたすら睡眠時間を削るなんて展開にもなりかねなかった。

「それでですね、旅行中ってマジックが起きるって聞いたことがあるんです」

「マジック？」

「あの、普段何でもなかった男女が、その……旅行に行った途端……マジックが起こったみたいに……」

「あ〜、旅行でテンションが上がってくっつく、みたいな」

「それです！　はる兄さん、そうならないようにだけは注意したほうがいいです。もしそんなことになったら、きっと後悔します」

凄《すご》いな、未来を見てきたような話しぶりだ。

ただ――

「まあ、確かにその通りなんだけど……何だかアオイちゃんらしくない言葉というか……」

未来予言のような言葉は朱音《あかね》っぽい。教訓めいた内容であることを考えれば、黒羽《くろは》っぽい言葉とも言える。いつもの蒼依《あおい》なら『注意したほうがいいのでは？』くらいで止まり、『もしそんなことになったら、きっと後悔します』とまでは踏み込んでこない。だから不思議だった。

「わたし、はる兄さんが心配で……らしくないことを言ってしまったならすみません……」

ああ、蒼依《あおい》が萎縮してしまった。

きっと蒼依《あおい》は俺のことを真剣に考え、助言してくれたのだ。何だか変だなんて思うこと自体失礼だろう。

「悪い。助言ありがとな。肝に銘じておくよ」

「本当に、本当に、肝に銘じてくださいね？」

今日の蒼依《あおい》は妙に強く押してくるな……。

「群青同盟《ぐんじょう》の皆さんって、凄《すご》く魅力的な方たちばかりじゃないですか」

まあ確かに黒羽《くろは》、白草《しろくさ》、真理愛《まりあ》と芸能界で通用するレベル揃《ぞろ》いだ。

「だからはる兄さんが目移りするのはわかりますし、はる兄さんはそういう……少しエッ……エッチなところがあることも重々承知しているのですが……」

蒼依《あおい》は赤面しつつ続ける。

「だからこそ、最初の話に戻りますが、その場の流れで相手を決めてしまわないよう、注意することが必要かと！」

「……つまりアオイちゃんは俺が色気で攻められたら簡単に落ちるだろうから、それでは後悔するぞ、と？」

「そこまでは思ってないですよ？」

「ちょっとは？」

「……思ってます」

「ぐっ――」

この『思ってます』と言っているとき、蒼依《あおい》は真顔だった。

つまりは『本気で注意してくださいね』『失望させないでくださいね』と念を押されているようなもので、それだけ俺がフラフラする可能性が高いと思っており、その点まったく信用されていないってことだ。

妹のように可愛《かわい》がっている子からのこの警告、さすがに肝に銘じなきゃな……。

蒼依《あおい》は一通りの掃除を終えると、『旅行、楽しみにしてますね』と言い残して帰っていった。

＊

「今日の会議、予定通りだったわね。一応、お礼を言っておこうと思って」

哲彦《てつひこ》は夕飯をハンバーガーショップで取っていた。

そんなときにかかってきた電話の第一声がこれだった。

白草《しろくさ》が自分のことを嫌っていることを、哲彦《てつひこ》は嫌というほどわかっていた。それでもやったことへの礼をしてくるあたり、育ちの良さを感じ、苦笑いが込み上げてきた。

「別に。オレは礼なんて欲《ほっ》しちゃいねぇよ。それより面白いこと、期待していいんだよな？」

哲彦《てつひこ》が協力を求められたのは今回の沖縄《おきなわ》旅行の企画を通すところまでだった。

『もうちょっと後押ししてやってもいいんだぜ？』

とも言ったが、信用されていないためか、

『別にいらないわ。私は私で計画があるから大丈夫よ』

と白草《しろくさ》が返してきたのだった。

「もちろんよ。あなたは邪魔さえしなければいいわ」

「ま、オレは今回『女性メンバー三人でのPV企画』が通っただけですでに目標達成。勝利しているから邪魔すんなと言われりゃ特に動く気もねぇが……」

哲彦《てつひこ》は白草《しろくさ》の企画力には一目を置いていた。この前のCM勝負の作戦はよかったし、CMやMVの脚本も他のメンバーでは絶対に作れないものだった。

また今回の沖縄《おきなわ》旅行の企画もいい。CM勝負が終わったその日に玲菜《れな》を使って黒羽《くろは》の予定まで調べて練り上げた企画力は刮目《かつもく》に値する。その結果、電撃作戦で一気に〝あの〟黒羽《くろは》を出し抜いた。

でも――〝剛腕〟とも言える黒羽《くろは》の実行力に比べ、どこか白草《しろくさ》には不安がよぎる。

「一応、今回の旅行の『目標』がどのあたりにあるかだけ聞いておくか。どうなんだ？」

「…………」

白草《しろくさ》は警戒しているのか、すぐに回答しなかった。

しかし自分を鼓舞する意味もあったのだろう。強い口調で言い切った。

「私の最大の目標は変わらず一つよ。『スーちゃんから告白させる』――それだけ」

「いやいや、それは厳しいだろ？」

少なくとも現状、末晴《すえはる》の気持ちはまだ黒羽《くろは》に向いていると哲彦《てつひこ》は見ていた。

告白祭で白草《しろくさ》と黒羽《くろは》の立場は逆転した。末晴《すえはる》から告白された黒羽《くろは》が振ったことでカオスな状況となったが、かといってCM勝負で白草《しろくさ》が再逆転したとは到底思えない。

「うっ……」

「う？」

哲彦《てつひこ》が聞き返すと、想像以上の大音声《だいおんじょう》が返ってきた。

「うるさいわね！　私はスーちゃんの〝初恋の人〟なのよ！　わかる？　初恋は生涯に一度だけ！　特別なことなの！　だから別に厳しくなんてないわ！」

哲彦《てつひこ》は携帯を耳から遠ざけつつ、まあ一理あると思っていた。

確かに『初恋の人』という点は無視できない。末晴《すえはる》が白草《しろくさ》を恋愛対象として見ているのは明らかだ。今、末晴《すえはる》と黒羽《くろは》の仲はさらなるカオスに突入しているし、好感度も大きな差がないように感じる。うまくやれば『告白させる』というのも無理ではないだろう。

ただうまくやるというのは、黒羽よりうまくやらなければならない、という意味だ。そのハードルは非常に高い。

「今回の旅行、あなたに協力を求めてまでして作った『あの泥棒猫がいない一日』でスーちゃんを落とす計画はすでに整っているわ。私の逆襲をあなたは見ているだけでいいの。わかった？」

なるほど、今回の旅行にサブタイトルをつけるなら『逆襲の白草《しろくさ》』ってところか。

黒羽《くろは》がいない一日を作ったことで、白草《しろくさ》は先手を取った。

さて、このまま押し切れるか、それとも――

「わかりましたよ、お嬢様。――お手並み拝見といこうか」

ま、どっちに転んでも面白いか。

哲彦《てつひこ》は口角を吊《つ》り上《あ》げた。

今回は気楽に眺めさせてもらおう。玲菜《れな》のやつを旅行に連れて行ってやれるし、どう転んでも損はなさそうだ。

真理愛《まりあ》ちゃんがどう動くかも見物だ。あと、志田《しだ》ちゃんの妹たちがどういう子たちなのか見極めたい。可愛《かわい》い子揃《こぞろ》いということまでは耳に入っているが、能力、性格、末晴《すえはる》との関係――この辺りはしっかりと把握しておきたいところだ。

下手な人間を群青《ぐんじょう》同盟に入れた場合、同盟自体が吹っ飛ぶ可能性がある。人の集まりが崩壊する最大の要因は、人間関係の不和だ。だからこそメンバーの加入には慎重さが重要であり、拒否権を用意した。その中で、志田《しだ》ちゃんの妹というポジションはかなり迎え入れやすい。

現在、群青《ぐんじょう》同盟の最大の爆弾は、末晴《すえはる》が彼女を作るか否かだろう。もし現実化すれば群青《ぐんじょう》同盟が消し飛んでしまうほどの爆弾だ。真理愛《まりあ》ちゃんはギリギリ残る可能性があるが、志田《しだ》ちゃんと可知《かち》の二人は選ばれなかった場合、まず間違いなく群青《ぐんじょう》同盟を辞めるだろう。

そうなると理想は――現在の均衡状態だ。群青《ぐんじょう》同盟という『力』を継続して持っておきたいから、必要に応じて介入が必要だろう。

だから今回は可知《かち》に力を貸してやろうと思った。前回志田《しだ》ちゃんに肩入れした負い目もあった。だが、まあいい。恋愛関係は水物。下手な介入が藪蛇《やぶへび》となる可能性もあるため、なるべく動かないほうがいい。それに本人がいらないというのに手伝ってやるほどお人よしじゃない。

さてさてどうなるか――楽しみじゃないか。

哲彦《てつひこ》は携帯を切ると、最後に残った一本のポテトを口に放り込み、トレーを持って立ち上がった。

第二章　夏はまだ終わっていない！

＊

羽田《はねだ》空港のロビーは三連休を楽しもうという旅行客で混雑していた。

俺は空港や駅が好きだ。旅行に思いを馳《は》せる人たちの楽しそうな表情が、ワクワク感をかき立てるからだ。

「俺が一番か……」

集合時刻八時に対し、今は七時半。どうやら早すぎたようだ。

手持ち無沙汰だから近くの売店で土産物を見つつ時間を潰すかと思っていたところ、白草《しろくさ》がやってきた。

「おはよう、スーちゃん」

「っ……！」

こいつぁ……初《しょ》っ端《ぱな》から凄《すご》いパンチ力だ……。

名前にある白こそが自分のパーソナルカラーだと言わんばかりの白いワンピース。服装に合わせているのか、クリーム色のキャリーバッグを引いている。

そして何より目を引くのがキャリーバッグの上に置かれた麦わら帽子だ。

今は被《かぶ》っていないが、こんなもん似合うに決まってるだろ……っ！

黒髪ロングの正統派美少女がこの服装。もはや犯罪的な可愛《かわい》さだ。

「あの……どう、かな……？」

白草《しろくさ》がもじもじと尋ねてくる。

白草《しろくさ》は俺にだけ棘《とげ》がない。そこが凄《すご》く可愛《かわい》らしい。

なので俺も照れてしまい、視線を逸《そ》らしつつ、頬を掻《か》いた。

「……なんていうか……凄《すご》くいいと思う……」

「ほ、本当……っ！」

「あ、ああ……似合ってるし……き、綺麗《きれい》だと……思う……」

「あ、ありがと……」

何だか凄《すご》くこっぱずかしいな！

そういえば白草《しろくさ》と二人きりって、珍しいな。学校だといつもクラスメートがいるし、たまま二人だけになってもすぐに誰かがやってきてしまう。黒羽《くろは》と違ってプライベートで会うこともない。

ドクッ——と心臓が跳ねた。

えっ、何これ。

手に汗をかいている。鼓動はさらに高まる。

ダメだって。節操なさすぎるって。いくら白草《しろくさ》が綺麗《きれい》だからって、ちょっと私服姿を見ただけでトキメキすぎだって。

好感触と受け取ったのか、白草《しろくさ》はいつもより一歩距離を縮めてきた。

「あのね、スーちゃん」

ちょっとしなだれかかってきたら、頭が肩にこつんと当たるような距離。

俺は以前車の中で耳元に感じた白草《しろくさ》の吐息を思い出し、身体《からだ》を硬直させた。

「別荘に着いたら見せたいところが――」

「――へー、わたしも見てみたいですね、そこ」

俺と白草《しろくさ》が振り返ると、可愛《かわい》らしいマリンコーデの真理愛《まりあ》が微笑《ほほえ》んでいた。

……って、笑ってるけど――実は怒っている？

笑いつつ、額に血管が浮き出ていた。

「も、桃坂《ももさか》さん⁉」

「ちょっと近くないですか……白草《しろくさ》さん？」

「⁉」

俺と白草《しろくさ》は顔を見合わせ、互いに赤面すると、一歩ずつ横に動いた。

これで二人の距離は二歩分。正常な距離だ。

（ヤバいヤバい……）

これが蒼依《あおい》の言っていた〝旅行マジック〟か？　旅行へのワクワクと普段見慣れない格好へのドキドキが混ざり合って、何だかいつもよりも心が解放されているのかもしれない。

「おひさ、末晴《すえはる》くん！」

「うわっ！」

いきなり背後から肩に腕が回され、体重が乗っかってきた。

誰かと思って振り向くと、懐《なつ》かしい顔があった。

「あっ……。モモのお姉さんの……」

「そっ、絵里《えり》よ。覚えてくれていたんだね。あんがと」

絵里《えり》さんは歯を見せてにししと笑う。

この人は真理愛《まりあ》の姉の絵里《えり》さん。六年前、真理愛《まりあ》と組むことが多かったころ、何度も顔を合わせていた仲だ。

確か真理愛《まりあ》の七歳上だったから、俺の六歳上で……二十三歳くらいかな？

あいかわらず綺麗《きれい》な人である。

真理愛《まりあ》とは姉妹とわかる顔立ちなのだが、もっと大人びており、柔らかさ、緩さ、包容力といった印象が強い。まあ、一番違うのは胸の大きさなわけだが。

西洋人形のように可愛《かわい》らしくピシッと決まっている真理愛《まりあ》と違って、ショートヘアーで活発な感じの絵里《えり》さんは、ニコニコとゆる～い感じで笑っているところが親しみやすく魅力的だ。

「いえいえ、俺こそ覚えていてくれて嬉《うれ》しいです。今は何をしているんですか？」

六年前は高校に行かず生活費を稼ぐために働いていた。真理愛《まりあ》が成功したので同じことをしている可能性は低いだろう。

「真理愛《まりあ》が勉強していいって言ってくれてね。今、明知《めいじ》大学の二年生」

「おおーっ！　凄《すご》い！　六大学！　おめでとうございます！」

「とはいえ同学年からはおばさん扱いよ。周囲より随分年上だからね」

「んなことないですよ。絵里《えり》さん綺麗《きれい》じゃないですか」

「へーっ、お世辞がすんなり出てくるとは、やるじゃない」

「お世辞じゃないっすよ」

絵里《えり》さんって変に意識しないでいいっていうか、どんなことでも受け止めてくれる雰囲気を持っているから、正直に容姿を褒めても大丈夫って安心感がある。

「ありがと。……それでさ」

絵里《えり》さんは俺の肩に回した腕をぐっと引き寄せた。

豊かな胸元が二の腕に押し当てられ、脳内を幸福感をもたらす神経伝達物質が駆け巡る。

そんなところへ――

「――あたしの真理愛《まりあ》、泣かせないよね？」

「ヒェッ……」

凍り付くようなセリフを投げかけられた。

「末晴《すえはる》くんの周り、綺麗《きれい》な子、多そうだし」

「あー、いえ、そんなことは……」

「あそこにいる、白草《しろくさ》ちゃんだっけ？　めっちゃ美人よね？　ぶっちゃけタイプでしょ？」

「それは、その、ノーコメントで……」

「幼なじみの黒羽《くろは》ちゃん？　動画では振られてたけど、まだ好きなんじゃない？」

「ちょっといきなり言われましても……」

「真理愛《まりあ》、可愛《かわい》いよね？」

「か、可愛《かわい》いですね」

「めっちゃ可愛《かわい》いでしょ？」

「か、可愛《かわい》いです」

「泣かせたくないって思わない？」

「お、思いますね」

「どうして噛むの？」

「圧力が凄《すご》いというか――」

胸が押し付けられているから普段ならそれだけで舞い上がるのだが、顔と言葉の圧力が凄《すご》すぎてそれどころじゃない。

この人、包容力があるのに加えて、こういうところがあるから頭が上がらないんだよな……。

「お姉ちゃん……？」

さすがに肩に腕を回されたままヒソヒソとやっていたら、気になるだろう。

絵里《えり》さんはパッと離れると、あははーと笑った。

「久しぶりに会ったから、こっそり聞いてみたいことあって。ちょっと問い詰めちゃった」

「えっ？　お姉ちゃん何聞いたの!?」

「んふふ～、秘密」

と真理愛《まりあ》に回答しつつ、俺にはウィンクをして口止めをしてくる。

こういう愛嬌《あいきよう》というか、鷹揚《おうよう》な部分を見せられると、この人には勝てないなぁって心から思う。

何だか懐《なつ》かしい。当時、十七歳で家計を背負って働いていたはずなのに、微塵《みじん》も暗さを感じさせない人だった。

優しくて親しみやすく、愉快なお姉さん。

そんな絵里《えり》さんを俺は以前から頭が上がらないと同時に慕っていた。

「あの……突然お願いしてしまってすみません。父に急用ができてしまったので……」

白草《しろくさ》が絵里《えり》さんに謝ったのは、元々は白草《しろくさ》の父、総一郎《そういちろう》さんが引率の役目を担《にな》っていたためだった。

電車で行く小旅行程度ならともかく、さすがに高校生だけで沖縄《おきなわ》に行くのはマズい。

ということで別荘とプライベートビーチの持ち主である総一郎《そういちろう》さんが保護者としてついてきてくれるはずだった。しかし昨日急用が発生してしまった。会社の社長さんなので、こういうことがあるのは仕方がないところだ。

で、身近で行けそうな人を探したら、絵里《えり》さんが手を挙げてくれたわけだった。

「へっ？　何言ってるの？　タダで沖縄《おきなわ》旅行に行けるんだよ？　あたしがラッキーだったんだって！」

絵里《えり》さんはケラケラと笑う。

そんな絵里《えり》さんに白草《しろくさ》は好感を持ったようだ。

「そう言ってもらえると助かります」

「あなた、物凄《ものすご》く綺麗《きれい》なのに気を遣う子なのねぇ。真理愛《まりあ》、ちょっと見習ったほうがよくない？」

「お姉ちゃん！」

真理愛《まりあ》が真っ赤になって口を膨らませた。

あー、わかるわかる。身内が他人を褒めて、自分に振られるのって何だか恥ずかしいよな。

余計なこと言うなよ！　大人しくしていてくれ！　みたいな感じで。

「何よ、真理愛《まりあ》。このメンバーは仕事仲間じゃないんだから、もうちょっと素を見せてもいいんじゃない？」

「お、お姉ちゃん！　それ以上は黙ってて……っ！」

「えー、例えば泊まりの撮影だと、あたしに電話しないと眠れないこととか話しちゃダメ？　すっごい可愛《かわい》いじゃんね？」

「ちょ、お姉ちゃんっ！　何でそんなこと言うのっ！　わ、わたしのイメージがっ！」

真理愛《まりあ》がポカポカと絵里《えり》さんを叩《たた》く。しかし絵里《えり》さんは笑うばかりでダメージはゼロだ。

真理愛《まりあ》が物凄《ものすご》くすねているので笑っては可哀《かわい》そうかもしれない。ただ二人のやり取りを見て、つい笑みがこぼれてしまっていた。

正直なところ俺は、ホッとしていた。

真理愛《まりあ》はこの六年で成長し、目を見張るほど可愛《かわい》くなった。如才のなさも磨きがかかった。それだけに隙が見えなくなった。

それはいいことなのかもしれないが、辛《つら》く苦しい経験から身を守るために今のような状態になってしまったのではないかという懸念《けねん》もあった。

しかし姉の絵里《えり》さんと戯《たわむ》れる姿を見ると、六年間の仲睦《なかむつ》まじい月日が見えるようで非常に微笑《ほほえ》ましい。

「あとは哲彦《てつひこ》とレナか……」

現在、集合時刻五分前といったところだ。あいつはいつもジャストかちょっと遅れてくるタイプだから、まだ少し時間あるな。

「あのさ、俺ちょっと売店を見てきたいんだけどいいか？　ダッシュで行ってくるから」

「スーちゃん、買いたいものでもあるの？」

「どんな土産が売ってるのか見たいだけだが、ついでに朝飯にできるものがあれば買いたいな」

「なら末晴《すえはる》お兄ちゃん、朝食代わりにこんなのどうですか？」

そう言って真理愛《まりあ》がバッグから出したのは――

「あ、これって、昔お前がよく作ってたラスクか。お前、節約料理得意だったもんなぁ」

パンの耳をレンジで加熱し、バターを塗って、もう一度レンジで加熱。その後グラニュー糖をまぶして完成――なんてことを俺に説明してくれたっけ。

こういう節約系の料理、真理愛《まりあ》は以前よく作っていた。安く作れてボリュームがあり、満足感もあるラスクは、真理愛《まりあ》の得意料理の一つだ。今は大金持ちなのだから贅沢《ぜいたく》なお菓子だって買い放題取り寄せ放題のはずなのに、まだ作っているのか。

そのことに驚きを禁じえなかった俺だが、お金持ちになっても慎《つつ》ましさを忘れないことは凄《すご》くいいことだと思う。

俺はラスクを一つつまみ、口に放り込んだ。

バターの風味とグラニュー糖の甘さ、そしてサクサクのパンが口内に広がり、空腹の胃に流れ込んできた。

「うまっ！　モモ、腕を上げたな！」

「ふふっ、あの頃よりいい素材を使ってますし、工夫もいろいろ追加してるんですよ？」

「へーっ！　工夫って例えば？」

「前はレンジだったんですけど、今はオーブンを使っていまして、その際の設定が――」

と、真理愛《まりあ》の解説が盛り上がっているところで、白草《しろくさ》が間に割って入ってきた。

「ちょ、ちょっと待って、桃坂《ももさか》さん？　あなたって人気女優でお金持ちでしょう？　なのにどうして節約料理上手属性まで持ってるのよ!?」

「……あれ、白草《しろくさ》さん、知りませんでした？　うちは元々貧しくて、お姉ちゃんが中学卒業してすぐ働いてくれていたから生活できていたんですよ？　節約料理くらいできるのは当然です」

「う、嘘《うそ》……だって女優をやるような人って、普通料理が苦手では……」

「思い込みですね。苦手どころか得意なくらいで、一通りできますけど、それが何か？」

「……何でもないわ」

白草《しろくさ》はそこで会話を打ち切り、少し距離を取った。俺たちに背を向けつつ、ぶつぶつと何かつぶやいている。

「マズいわ……料理、せっかく練習してきたのにぃ……チャンスなのにぃ……泥棒猫がいないのにぃ……これじゃ計画が……」

「おーっ、揃《そろ》ってんな」

集合時刻ジャストに哲彦《てつひこ》はやってきた。

「じゃ、行くか」

「おい、哲彦《てつひこ》。レナがまだだぞ？」

「いるぞ？」

哲彦《てつひこ》がくるりと振り向き、人だかりの中に視線を移す。

俺が目を細めて周囲を見回すと——あ、いた。ビデオカメラ片手に、目立たないよう巧みに物陰に半身を隠している。

なんだこれは、ウォー○ーを探せかな？

「何であんなところに？」

「撮影班の役目があるからだろ？」

「だからって、俺たちと一緒にいればいいじゃないか」

「別に勝手にやらせればいいだろ」

哲彦《てつひこ》にはこういうドライなところあるよな。ただ玲菜《れな》は玲菜《れな》で、別に命令されてやらされている雰囲気はない。

玲菜《れな》の私服はカジュアルで、わざと地味で目立たないようにしているように見える。性格自体は明るいし、いつもは制服だから気がつかなかったが、プライベートだと存在感を押し殺そうとするタイプのようだ。

「じゃあ別に俺たちと一緒にいても構わないだろ?」

「まあな」

「なら——」

「わたしが呼んできます」

真っ先に駆け出したのは真理愛《まりあ》だった。

出遅れてしまったため、やむなく様子を見ていると、最初玲菜《れな》は手を振って一緒になるのを拒絶していた。しかし真理愛《まりあ》が熱心に口説くと、観念したのか肩をすくめて寄ってきた。

「あ、お邪魔しますっス」

「どうしたんだ、レナ。お前、もっとずうずうしい感じのキャラじゃなかったか?」

「パイセンって、ホントデリカシーないっスね。あっしをどんな風に見てるんスか?」

玲菜《れな》は不満げに口を尖《とが》らせた。

「ぶっちゃけあっし、学校のイベント以外で旅行したことなくって。何でも屋で忙しいんで、クラスの付き合いとかも最少限なんスよ。なのでなんていうか、どこにいたらいいかわからなくて——」

「で、役目だけはしっかり果たそうと、離れたところから撮ってた、と?」

「まあ、そんなところっス」

そりゃ事情がないやつが『何でも屋』なんてやらないよな。

「ということで、あっしは放っておいてもらっていいんで、皆さんで——」

「アホっ」

俺は玲菜《れな》の脳天にチョップをかました。

「いたぁ！　何するんスか！」

「そういうこと言われると、むしろ放っておけないだろうが」

「い、いや、別に何かして欲しくて言ってるわけじゃ——」

「モモ、お前もそう思うよな？」

俺が話を振ると、待ってましたとばかりに真理愛《まりあ》が頷《うなず》いた。

「ええ、いくら裏方と言えど、遠慮は必要ありません。わたしたちみんなで旅行へ行くんですから」

裏方って言葉がすんなり出てくるところが真理愛《まりあ》らしい。

きっと今までも、真理愛《まりあ》は撮影時に孤立している人や輪に入りにくそうな人がいれば率先して声をかけていたのだろう。それはさっきの行動でよくわかった。

まあ真理愛《まりあ》のことだから打算でやっているのかもしれないが、やらない善よりやる偽善って言葉もある。

俺はそんな真理愛《まりあ》をアシストしてやりたいと思った。

「ならさ、レナ。俺から『何でも屋』への依頼ってことで、今回の旅行は一緒に楽しんでくれよ。一人だけ除《の》け者《もの》みたいになってると、俺の気分が悪いんだよ」

「いや、その……」

「それと、モモと仲良くしてやってくれ。こいつ、三連休明けに転校してくるから、それまでに同学年の友達が一人くらいいたほうがいいだろ？」

「でも、そんな内容だとあっしが得するだけで、依頼にならないんじゃ……」

「ただし支払いは出世払いな？」

玲菜《れな》がチラッと哲彦《てつひこ》の顔色をうかがう。

哲彦《てつひこ》は頭を掻《か》きつつ、いいんじゃねーの？　みたいな感じで肩をすくめている。

玲菜《れな》は頬を赤らめ、深く頭を下げた。

「そ、それではよろしくお願いしますっス！」

「はい、こちらこそよろしくお願いします」

真理愛《まりあ》が玲菜《れな》の手を取って応えてやると、玲菜《れな》は照れつつも嬉《うれ》しそうに微笑《ほほえ》んだ。

「やっぱりスーちゃんは優しい……。だから、私は……」

白草《しろくさ》がポツリとつぶやく。

「へー」

そう言って絵里《えり》さんは群青《ぐんじょう》同盟のメンバーを眺めまわすと、

「……なるほど」

と楽しそうに頷《うなず》いた。

＊

「おおぉぉお、おおおおおおぉぉぉぉぉ！」

空港から出た瞬間わかる、熱気！

日差しが違う！　暑さが違う！

「な・つ・だーーーーーーっ！」

俺は喜びのあまり叫んだ。

東京はすでに秋。でも沖縄《おきなわ》にはまだ夏の香りが残っている。

青い空と輝く海がこれからの楽しさを暗示しているかのようだった。

予定通り絵里《えり》さんがレンタカーを借りてきて、全員で乗り込んだ。

途中で沖縄《おきなわ》そばに舌鼓《したつづみ》を打ち、その後は食料品などの買い出しだ。

ショッピングセンターに寄り、カートを押しつつ今後の食事をどうするか話し合った。

「やっぱり定番のカレーは外せないよね？」

と絵里《えり》さんが言ったので、すかさず俺は話に加わった。

「なら明日の昼以降にしてもらっていいですか？」

「何で？」

「あの、明日から来るクロの舌は宇宙なので、クロが食べられるものはなるべく明日に回しておいてもらいたいんですよ」

「なにそれ。宇宙って何？」

「宇宙以外の表現が俺には思いつかないので……」

絵里《えり》さんはヤバいものを感じたらしく、あっさり引いた。

「あ、う、うん、オッケー。事情があるならそれ優先で。ならカレーは明日の昼ね。じゃあ今日と明日の夕食何にしようか？」

「お姉ちゃん、明日の夜は大人数だから簡単なものがいいと思うの。リハで時間的に追い込まれていると思うし」

真理愛《まりあ》の意見は至極まっとうなので反論は出なかった。

「じゃ、バーベキューでどう？」

「「賛成」」

という感じで決まったが、今日の夕飯が問題となった。

「明日の朝はまあ、残り物とかパンとかでいいとして――今夜はどうしよ」

「モモが腕を振るいましょうか？　パスタとか、そういう簡単なものなら六人分くらい余裕ですけど？」

ふむ、このメンツを見る限り、真理愛《まりあ》が一番料理うまそうだな……。この前俺の家に忍び込んで料理を作ってくれたときもおいしかったたし。腕は保証済みと言っていいだろう。

しかしすんなり決まりはしなかった。

「桃坂《ももさか》さんはＰＶと勉強、両方しなきゃいけないでしょ？　さすがに負担が大きすぎると思うわ」

うーん、確かにＰＶと勉強の両方をやるのは真理愛《まりあ》のみ。こなせるほどのキャパシティがあるかもしれないが、一人におんぶに抱っこはやはりよくない。

そう思って白草《しろくさ》に賛同しようとしたら――

「白草《しろくさ》さん、もしかしてモモの料理の腕、恐れてます？」

「……はぁ⁉」

真理愛《まりあ》がぶっこんできた。

「だってラスクのときも絡《から》んできましたし。だからきっと白草《しろくさ》さんは料理の腕が壊滅的で、自分ができないことができるモモに嫉妬しているのではないかな、と。違いました？」

「ぜんっぜん！　そんなこと！　微塵《みじん》もないわ！」

あのさぁ、二人とも……今日はクロがいないんだからさ……喧嘩《けんか》の数を減らそうよ……。

「こうなったら──」

「ええ──」

「料理勝負よ!」

「料理勝負です!」


俺はため息をついて哲彦《てつひこ》に話しかけた。

「どーすんだよ、これ」

「お前がどうにかしろよ、末晴《すえはる》」

「どうにかできると思うか?」

「簡単だ。どんなものが出てきても食えばいいだけだからな」

「お前、シロが絶対変なもの作るって思ってるだろ?」

「……死んだら骨、拾ってやるからな」

「……絶対にお前にも食わせる。死なばもろともだ」

「い・や・だ」

「う・る・せ・え」

「ぶち殺すぞ!」「それはこっちのセリフだ!」「黙って死ね!」「てめぇも死ね!」

俺たちの醜い争いを呆《あき》れつつ眺めていた玲菜《れな》が、横を見て『ヒッ』と声を上げて身体《からだ》を震わせた。

「あ、あの……お二人とも……ちょーっと怖いことになってるんスけど……」

そんな玲菜《れな》の諫言《かんげん》に俺たちは喧嘩《けんか》を止《や》めて振り向くと——

「…………」

白草《しろくさ》が恐ろしいオーラを発してたたずんでいた。

何で何も言わないの？　ただでさえ怖いのに、もっと怖いよ？　せめて言い訳くらいしてくれないと、本当に料理の腕が壊滅的なのかなって心配がつのってきて、威圧感と激マズ料理への恐怖のダブルパンチで辛《つら》いんだけど？

「ほらほら、高校生男子どもっ！　デリカシーってもんを考えなさいっ！」

絵里《えり》さんが俺と哲彦《てつひこ》にデコピンをかます。

俺がそんなことしたらブチ切れる哲彦《てつひこ》だが、さすがに年上の女性には一応礼儀を払うべきと思ったようだ。不満そうにしたが、口には出さなかった。

「作ってもらうって話なのに、ひどいこと言わないの」

絵里《えり》さんにそう言われてはぐうの音も出ない。

「すいません」

俺は素直に謝った。

哲彦《てつひこ》も口には出さなかったが、軽く頭を下げた。

「……よかった、まともな人がいてくれて助かったっス」

「ん？　レナ、それって俺たちがまともじゃないって意味か？」

「えっ？　まさかパイセンって自分がまともだと思っていたんスか？」

玲菜《れな》はかなり真剣に考え始めた。

「いやいや、そんなことないっスよね？　もしそうだとしたら、かなりヤバいっスよ？　いや、ホント、これ親切心から言ってるんスけど、そう思えること自体まともじゃないって自覚したほうがいいっスよ？」

「あぁ～？　余計なことを言うのはこの口かぁ～？」

俺が頬をつまんで伸ばしてやると、オモシロ顔になった玲菜《れな》が俺の腰を叩《たた》いてギブアップ宣言した。

そうそう、後輩は素直なほうがいいぞ。

「料理勝負っていうなら、課題を決めなきゃね。違う料理じゃ比較しにくいでしょ」

絵里《えり》さんは結構乗り気のようだ。

こっそりなかったことにしたかったが、こうなっては仕方がない。一番傷が浅そうなメニューを選んだほうがいいだろう。

「哲彦《てつひこ》、いいアイデアを頼む」

「もうさ、ご当地インスタントラーメンの食べ比べをしよーぜ？」

「お前って、普段カスだけど時々天才だよな」

「それつまんなーい」

げっ、引率者という絶対権力者からダメだしされてしまった。

「かといって難しいのも何だから……」

「で、では〝から揚げ〟を――」

白草《しろくさ》が割り込んで提案しようとするが、声が小さい。

なのでみんなに聞こえる前に、絵里《えり》さんの声で塗りつぶされてしまった。

「ならさ、〝鍋〟なんてどう？」

絵里《えり》さんの提案に一同ほう、と頷《うなず》き合《あ》った。

なるほど、鍋なら大惨事は避けられそうだ。一応絵里《えり》さんも白草《しろくさ》の腕には警戒してくれていたようだ。

「こんだけ暑いんすけど？」

哲彦《てつひこ》が悪態をついたが、絵里《えり》さんはまったく気にしなかった。

「別にいいじゃん？　あたし、アイスを冬に食べるし、おでんを夏に食べるよ？」

「…………」

哲彦《てつひこ》は不安を隠せないようだったが、反論する気力も尽きたらしい。

「あ、あの、やっぱり〝から揚げ〟じゃ――」

「じゃ、決定ね！」

ということで絵里《えり》さんの鶴の一声で鍋対決となった。

それからは各自バラバラに散らばり、買い物タイムとなった。

「可知《かち》先輩、料理器具は一通り揃《そろ》ってるっスか？」

「え？　えっ、ええ！　シェフが来たときも、持ち込みの器具はほとんどなかったわ。そもそもパーティーを想定した別荘だから」

「はえー、金持ちすげー」

「あ、あの、その、鍋でやっぱり決定しちゃって――」

「哲彦《てつひこ》、念のためラーメンも買っておくか」

「それが無難だな。ま、最悪シメに使えるだろ」

「お、こんなラーメンあるのか。土産にも買っておこう」

「お姉ちゃん、アイスは必須だよね？」

「んー、真理愛《まりあ》に任せるー」

「ちょ、お姉ちゃん⁉　お酒どんだけ買ってるの⁉」

「だって別荘に着いたら運転しなくていいし～。今日と明日の二日分だし～」

「お姉ちゃん大学に行き始めてちょっとダメ人間になった？」

から

「お酒は大人のたしなみよ〜。真理愛《まりあ》もあと数年したらわかるって！」

「あ、やっぱり鍋よりも違う料理で――」

なんて感じで和気あいあいと品物を選んでいく。

旅行のときの買い物ってなんでこんなに楽しいんだろうな。

特別なことをしているわけじゃないのに、ワクワクが止まらない。

（クロも初日から来られたらよかっ――）

心の中でそう思いかけて、俺はぐっと堪《こら》えた。

……今回、俺は決めていることがある。

『クロから嘘《うそ》をついたことをしっかり謝ってこない限り、許さない』――だ。

蒼依《あおい》に相談に乗ってもらって、いろいろ考えてみた。

蒼依《あおい》から見れば、黒羽《くろは》は理解できる理由で嘘《うそ》をついていた。だから許してやって欲しいと言われた。

その気持ちは届いたし、許してもいいかな？　と思う部分もある。

でもこれはけじめなのだ。筋が通るか通らないかの話だ。

もし俺から許してしまえば、俺は黒羽《くろは》からされたことを何でも許さなければならないことになりはしないだろうか？　そこまで極端なことにならなくても、『あのときだって許してくれたのだから、今回だって許してくれてもいいじゃない』という理屈になるパターンは増えるだろう。

杓子定規《しゃくしじょうぎ》すぎる考えかもしれない。

でも嘘《うそ》をついたら、嘘《うそ》をついたほうが謝る。謝られたら許す。

そんな当たり前のことを俺はしたい。

ごまかそうとしているのに許してしまっては、俺の中でしこりが残ってしまうだろう。

ということで俺は黒羽《くろは》に対し、警戒心を持って臨むことを心に決めていた。

「どうした、末晴《すえはる》」

背後から哲彦《てつひこ》に声をかけられた。

手には琉球《りゅうきゅう》コーラと書かれた飲み物を持っている。

バカ野郎。めっちゃ気になるじゃねぇか。

「お前のことだ、どうせ志田《しだ》ちゃんのことを考えてたんだろ？」

「んなっ——」

図星を突かれて反応してしまった。

すぐに失敗したと理解した。哲彦《てつひこ》は俺の反応をうかがっていたのだ。

「そんくらいすぐに読めるっつーの。お前と志田《しだ》ちゃん、今まで喧嘩《けんか》はしてもすぐに仲直りしてたもんな」

「別に今回もいつもと変わらねぇよ」

「強がるなって。こんだけ泥沼になってりゃ、喧嘩《けんか》のきっかけはいつもと同じでも、絡《から》まり方《かた》はずっとごちゃごちゃになるだろ」

さすが数多《あまた》の修羅場を潜《くぐ》り抜《ぬ》けた男。説得力が違う。

俺は周囲を見回した。

……近くにうちのメンバーは誰もいない。

今なら——聞けるか。

「あのさ、哲彦《てつひこ》」

「何だ？」

「お前が俺の立場なら、どうする？」

ちょっと抽象的だったかもしれない。

しかし俺は周囲からの好意さえ、確信が持てていない。

どうせ哲彦《てつひこ》なら俺の状況やその他のことも、俺以上に把握しているだろう。

だからそのままぶつけてみた。

「オレだったら、か——」

少しだけ思案し、哲彦《てつひこ》は言った。

「周りにいる女の子全員口説き落としてハーレム作るわ」

「お前ホントカス過ぎて逆に安心するわ」

だよなーーっ！

言われてみりゃそうだよ！　こいつなら絶対そういう回答だよなーーっ！

「カスって割り切っていいのか……？」

哲彦《てつひこ》はニヤリと悪魔的な微笑《ほほえ》みを浮かべた。

「正直になれよ。周りにあんなに可愛《かわい》い子がたくさんいるんだぜ？　好意の程度はわからなくても、好意を持ってくれていることには気がついているんだろ？」

「ま、まあ……」

「ならその好意に応えて何が悪い？　常識？　法律？　そんなもの、人類が誕生したときにはなかったものだろ？　別にオレは、女の子を傷つけろと言っているわけじゃねぇんだぜ？　むしろ幸せにすればいいって言ってんだよ。みんな幸せにすればいいんだ。その結果、多少常識から外れたとして、どんな問題がある？　大切な子たちが幸せなほうが大事じゃないか？　つまりこれは〝人類愛〟であり、〝優しさ〟なんだよ」

「びっくりするわ！　お前どんだけ悪魔なん？　お前の死因、絶対女の子に刺されてだと思うぞ？」

「それって男として本望じゃね？」

「お前のカス発言、少しだけ理解できるところが怖いわ」

そこまで言って、俺はふと気配を感じた。

「……っ！　誰かいるのか!?」

俺は思わず周囲を見渡した。

……よかった、誰もいない。

ふぅ、とため息をついた。

だってさ。さすがにこんなバカな会話、女の子たちには聞かせられないだろう？

＊

「実は聞いていたとは言えませんね……」

末晴《すえはる》と哲彦《てつひこ》が話していた棚の陰から真理愛《まりあ》はひょいと顔を出した。

もちろん末晴《すえはる》たちの気配が遠ざかったことを確かめてからのことである。

「まあテツ先輩とパイセンらしいというか、別に聞いても何とも思わないっスけどね」

真理愛《まりあ》の上から玲菜《れな》が顔を出し、真似《まね》して辺りの様子を探る。

「そうなんですか？　わたしにない発想だったんで、凄《すご》く参考になったんですけど」

「参考って……」

玲菜《れな》が引き気味になって顔をしかめる。

そんな玲菜《れな》の表情を見て、真理愛《まりあ》は満足を覚えた。

玲菜《れな》はリアクションがとてもいい。まだ短い付き合いだが、常識があり、思っていることがすぐに顔に出る点をとても気に入っていた。

「今の会話のどこに参考になる要素があったっスか？」

「末晴《すえはる》お兄ちゃんは哲彦《てつひこ》さんと違って、常識的で倫理的な面が結構あるじゃないですか。なので哲彦《てつひこ》さんの案に引いてしまうんですが、一方で欲望に忠実なところを羨ましそうにしてるとこ、ありますよね？」

「あー、まー、そうっスね」

「まあ末晴《すえはる》お兄ちゃんも男子高校生なので、それはしょうがないと思うんですよ」

「ももちー、それ受け入れちゃうんスか。それはどうかと思うっスよ」

ももちーとは、真理愛《まりあ》の呼び名だ。

真理愛《まりあ》は玲菜《れな》から『真理愛《まりあ》さん』と呼ばれたので、同級生ということもあって『ももちゃん』と呼ばせようとした。だが玲菜《れな》はちょっと恥ずかしいと言って拒否をした。

玲菜《れな》は玲菜《れな》で敬語はいらないと真理愛《まりあ》に言い、真理愛《まりあ》は真理愛《まりあ》で『〇〇っス』づけはいらないと言ってやめさせようとした。

そしていろいろ互いに試してみたもののどこかぎこちなくなり、ギリギリ許容されたのが『ももちゃん』から派生した『ももちー』という呼び名だった。

「まあまあそれは置いといて」

「つまり末晴《すえはる》お兄ちゃんも男子高校生なので、ハーレム願望が無きにしもあらずってのがモモにとっては新しい発見だったんですよ」

玲菜《れな》は首をひねった。

「うーん、そこまで聞いても何が参考になったかわかんないんスけど」

真理愛《まりあ》はふふんっ、と鼻を高く掲げた。

「玲菜《れな》さん、今のわたしのポジションって、黒羽《くろは》さんや白草《しろくさ》さんと比べてどう思います？」

「……恋愛で、という意味っスよね？」

「ええ」

「正直に言っていいっスか？」

「もちろん」

「お二人には負けてると思うっス。ただこれ、魅力で負けてるって意味じゃないっスよ？」

正直で、気も使うが、変に気を使い過ぎない。

ずっと女優として注目されて気を使われてきた真理愛《まりあ》は、玲菜《れな》のスタンスを好ましく感じた。

「正直な言葉、ありがとうございます。わたしもそう思っていますよ？」

「あの……あまりいいこと言ってないんスけど、何で平然としてられるんスか？」

「正確な現状認識こそが、よりよい未来を摑《つか》む第一歩なので」

「置いとくんスか」

ほえ〜と玲菜《れな》が感嘆を漏らした。

「で、その認識とさっきの発想がどう繋《つな》がるんスか？」

「わたしは恋愛的に黒羽《くろは》さんと白草《しろくさ》さんに負けている。とは言っても、わたしと末晴《すえはる》お兄ちゃんとの距離は、お二人に比べてそんなに離れてないと思うんです。この差はひとえに、わたしが末晴《すえはる》お兄ちゃんに〝まだ〟恋愛対象として見られていない、ということが原因だと思うんです」

「すげー、マジ冷静っスね」

「一方、遥《はる》か十年後まで見据えれば、末晴《すえはる》お兄ちゃんの才能からいって、芸能界へ行き、活躍するのは必然。そこについていけるのはわたしだけ。これも確定事項です」

「……ま、そうなるかはわからないっスけど、可能性はあるっスね」

「となるとわたしの『最善』は、末晴《すえはる》お兄ちゃんがわたしを意識するまで、お二人が牽制《けんせい》し合《あ》った結果、どちらともくっついていない状態なんです。そのままズルズルと時間を稼ぎ、その隙にわたしを意識させたい——というわけです」

「あー、なるほど。ようやくわかってきたっス。ハーレムは、全員を選んでいる——というのが一般的な認識スけど、逆に言えば誰か一人を選んでいないとも言えるっスもんね」

真理愛《まりあ》は口《くち》の端《はし》を吊《つ》り上《あ》げた。

やはりこの子は勘がよくて話しがいがある。

「となると――ですよ。わたしがハーレムを許容するような都合のよい女に見せかけたとしても、実は損はしないんです。選ばないまま時間が稼げるのは本望なんです。むしろ心の広い優しい女の子に見えて、得するとも言えると思いませんか？　もちろん最終的にはわたしだけしか見えなくなるでしょうけどね」

「すごっ！　ももちーあくどいっスなぁ！」

玲菜《れな》は八重歯をむき出しにして笑った。

その笑顔がさっぱりしていて気持ちいい。

「立場上協力はしないっスけど、応援はしてるっスよ！」

「ありがとうございます。わたし、こうやって話を聞いてもらえるだけで嬉《うれ》しいですよ。さすがに姉には話しづらい内容なので……。玲菜《れな》さんなら秘密、守ってくれるでしょうし」

「秘密厳守は何でも屋の最低条件っスから。そこだけは断言できるっス」

真理愛《まりあ》は微笑《ほほえ》んだ。

末晴《すえはる》お兄ちゃんを追ってきたら、さっそく友達ができた。それだけでも仕事を一時休業にした価値がある。

「これをわたし――〝末晴《すえはる》お兄ちゃん三分の計〟と名付けました！」

真理愛《まりあ》はぐっと力こぶを作って得意げに胸を張った。

もちろん三国志《さんごくし》の諸葛孔明《しょかつこうめい》の〝天下三分の計〟にかけてのネーミングである。

玲菜《れな》はそっと視線を外すと、ポリポリと頬を掻《か》いた。

「それ、パイセンが嫉妬によって身体《からだ》を三つに引き裂かれて惨殺《ざんさつ》される未来しか見えないっスね……」

＊

ショッピングモールを後にした俺たちは、荷物を満載した車に乗り込み、海沿いを駆け抜けていく。

潮の香りが鼻腔《びこう》を満たす。潮騒《しおさい》が聞こえてくる。車内のＢＧＭは絵里《えり》さんのチョイスでＴＵＢＥとサザンだ。

途中海岸で泳ぐ一団を横目に見つつ、車は人家のないほうへどんどん進む。

海だ。海が俺たちを待っている。ワクワクが止まらない。

「——ここがうちの別荘よ」

停止した車。

案内のために後部座席から真っ先に降りた白草《しろくさ》は、偉ぶるわけでもなく、気軽に『どう？』といった感じでそびえたつ別荘に手を向けた。

「オイオイオイオイオイ」

「落ち着け、末晴《すえはる》」

「オイオイオイ、これが落ち着いてられるかよ！」

そりゃ白草《しろくさ》がお金持ちってことは十分知っていたさ。総一郎《そういちろう》さんはドラマのスポンサーになるくらいの大企業の社長だし。

でもこんな撮影に使われるような極上な景色を見たら、落ち着いてなんていられない。

水平線の果てまで広がるエメラルドグリーンの海。

そんな海に半分足をかけている、というような感じで大きな別荘が建っている。

別荘の半分が海の上にあるのだ。

うわぁ、贅沢《ぜいたく》ってこういうことを言うんだなっていうのをまざまざと見せつけられた感じだ。

「どう、スーちゃん？　私、この別荘大好きなの」

そんなことを語る白草《しろくさ》に俺は土下座をかましていた。

「連れてきてくださりありがとうございます、お嬢様」

「えっ？　えっ――？」

「何か御用があればなんなりとお命じください」

「ちょ、やめてよスーちゃんっ！」

「お嬢様、そんなお気軽にお声をおかけていただくなんて、お恐悦至極！」

「もう――っ、スーちゃん、そういうのやめてよぉ――っ！　それに敬語おかしいんだけどーっ！」

白草《しろくさ》が困り果てている横で哲彦《てつひこ》と玲菜《れな》はつぶやく。

「凄《すご》いな、末晴《すえはる》のやつ。金と権力を持ってるやつにめっちゃ弱いな」

「庶民なんスねぇ……。まあ気持ちはわかるっス。情けないっスけど」

「別荘見たとたん、ってのが最低だよな。可知《かち》が金持ちってのはわかりきってるんだから、最初からあの態度してればいいのに」

「庶民はデカいものに弱いんスよ」

「お前もか？」

「テツ先輩、バカにしないで欲しいっス。あっしは小市民でもプライドまでは捨ててないっス」

「お前らもうちょっと言葉選んでくれない⁉」

いちいち突っ込まなかったけどな！　全部聞こえてたぞ！

「特にレナ！　お前完全に俺をバカにしてるだろ！」

「ぶっちゃけると――バカにしてるっス」

「正直に言えば許してもらえると思うなよ？」

俺は拳で玲菜《れな》のこめかみをグリグリしてやった。玲菜《れな》が『パイセンの横暴っス～』『後輩いじめ断固反対っス～』なんて言ってくるが、そんなもん無視だ無視！

しかし哲彦《てつひこ》と玲菜《れな》、やっぱり気が合うよな。そのくせ恋愛臭はまったくないし。

哲彦《てつひこ》というやつを知っていればいるほど、不思議な関係に見える。

ま、あいつにも恋愛とまったく関係なしで可愛《かわい》がる後輩くらいいるってことか。

「白草《しろくさ》ちゃん、家の鍵開けて！　あとみんな、それぞれ荷物持って！　特に男子！」

絵里《えり》さんがテキパキと指示を出す。引率者の命令となれば哲彦《てつひこ》だって抵抗はできない。

白草《しろくさ》を先頭にしておのおの荷物を持ち、別荘の中に突入した。

「ふぉーーーっ！　すげーーーっ！」

玄関から直進すると二十畳程度のリビングがあり、そこからいきなりオーシャンビューが広がった。リビングとテラスの間にある仕切りのほとんどがガラスで、絶景を邪魔しないようフレームが最少限にされている。

テラスへ出ると、思った以上に高い場所であることに驚いた。

玄関から入ったのに、ここは二階だ。そういう造りらしい。

ふと右を向けば、プライベートビーチが一望できた。テラスから階段が延びていて、砂浜に下りられるようになっている。

眺めといい、構造といい、並のお金持ちではこうはいかないだろう。

なんて贅沢《ぜいたく》なんだ！　まさにパラダイス！　こんなところに二泊できるなんて――

「ひゃっほ～～！」

想像を遥《はる》かに超えたリゾートに、俺のテンションは否応《いやおう》なく上がっていった。

それは俺だけではないようだった。

「あ～っ、もうあたし我慢できな～いっ！」

色っぽいコメントに俺が振り返ると、そこにはレジ袋からビールを取り出して飲み干す絵里《えり》さんの姿が……っ！

「んぐっ……んぐっ……ぷは～、たまんないわね～！」

うん、豪快で綺麗《きれい》なお姉さんって、いいよね。

絵里《えり》さんが笑顔だと、俺も嬉《うれ》しいです。

みんながワイワイと騒ぐ中、白草《しろくさ》が解説する。

「みんなの寝室は一階よ」

「へー、下を地下じゃなくて一階って言うのか」

「この別荘は駐車場と玄関が二階にあるって設計なのよ。一階の勝手口は砂浜と繋《つな》がっているわ」

「これだから金持ちってやつは」

哲彦《てつひこ》のやつ、こんなときでも皮肉を言うなんて損なやつだな。素直に楽しめばいいのに。

哲彦《てつひこ》が肩をすくめてキッチンを漁《あさ》るのを横目に、白草《しろくさ》はエアコンのスイッチを入れた。

「寝室は五部屋あって、ベッドは二つずつあるわ。それで部屋割りなんだけど――」

「末晴《すえはる》お兄ちゃんとモモで一部屋ですね」

「…………」

「…………」

「…………」

あまりにさりげなく告げられた言葉に、思わず時間が止まった。

「真理愛《まりあ》――やるわね！」

絵里《えり》さんが親指を立てて応援する。

絵里《えり》さん……酔っぱらっている――いや、絵里《えり》さんなら素面《しらふ》でも同じこと言うか……。ええんか……。姉として、それでええんか……。

「はい、では桃坂《ももさか》さんとお姉さんで一部屋として――」

「可知《かち》先輩のスルースキルすごっ！」

完全に玲菜《れな》に同感。

白草《しろくさ》のクールぶり、凄《すご》い。殺意混じってるレベル。

「スーちゃんと甲斐《かい》くんで一部屋。私と浅黄《あさぎ》さんで一部屋。残り二部屋は志田《しだ》さんのところの四姉妹で使うってことでいいかしら？」

まあそれしかないだろうなって組み合わせだ。白草《しろくさ》と玲菜《れな》の組み合わせは珍しいが、他の組み合わせが鉄板なだけに動かしようがない感じだ。

「ちなみにお風呂《ふろ》は三階よ。テラスも眺めがいいけれど、星空ならお風呂《ふろ》のほうが堪能《たんのう》できるわ」

俺はナイスアイデアが浮かんだのでポンと手を叩《たた》いて提案した。

「シロ、いい提案があるんだ。みんな水着を着て一緒にお風呂《ふろ》に――」

「そんなえちぃこと、私が許すと思ってるの？　ねぇ、スーちゃん？　本当に許すと思う？　ねぇ？　ねぇ？」

「あ、はい、すいませんでした……。冗談です……」

ゴミを見るような目つきで問い詰められたら謝るしかないよね？

どうして哲彦《てつひこ》はこれが怖くないんだろうな。普通に凍え死ぬレベルだよ？

「あー、ホントすげーなー」

俺はテラスを囲む木の手すりにもたれかかり、両腕を広げ、海風を全身で受け止めた。

手すりから身を乗り出して見下ろすと、真下が海。半分海にせり出している別荘だからこその光景と言っていいだろう。

横に哲彦《てつひこ》がやってきて、俺と同様に手すりの上から頭を出し、絶景を観察した。

「なぁ、可知《かち》。もしかしてここから飛び込めたりするのか？」

「ええ。テラスが海にせり出しているのは、景観のためが半分、飛び込んで楽しめるようにするためが半分と聞いているわ」

「よし、わかった。末晴《すえはる》」

「何だよ、哲彦《てつひこ》」

「――ゴートゥーヘェエル」

背中をドンっと押された。

「……へ？」

くるっと天地が反転し、真っ逆さまに落ちていく。

これって……まさか……。

「うおおおぉぉぉぉぉぉぉ！」

反射的に頭を抱え――身体《からだ》を丸めたことで背中から海に落ちる。

バシャーーーンッ！　と派手なしぶきが上がった。

「あ、あれめっちゃ痛いやつっスわ……」

いきなりの海中に俺はパニックとなった。

とにかく海面を目指してもがく。Tシャツが重いわハーフパンツが張り付くわ背中がヒリヒリするわで非常に泳ぎにくい。ただ泳ぎは比較的得意なほうであり、砂浜が近かったこともあって何とか足がつくところまでたどり着いた。

「哲彦《てつひこ》ぉぉぉぉぉ！　てめぇぇぇぇぇぇぇ！」

ずぶ濡《ぬ》れの俺は水滴をたらしつつ、テラスに繋《つな》がる階段を駆け上がった。

「ケケケーーーーっ！　いいリアクションいただきましたぁーーーっ！　玲菜《れな》、ここだけ切り取って先行映像としてあげておけっ！　再生数稼げるぞっ！」

「このカス野郎があぁぁぁ！　俺が溺れたらどうするつもりだったんだぁぁぁ！」

俺は哲彦《てつひこ》のシャツの襟首を絞め上げた。

すると哲彦《てつひこ》はいきなり真顔になった。

「……すまない、お前が大変な思いをするってわかっていたが、これは群青《ぐんじょう》チャンネルのためにどうしても必要なドッキリだったんだ……」

「哲彦《てつひこ》……」

意外なほどしおらしい哲彦《てつひこ》に俺は肩透かしを食らい、思わず言葉に耳を傾けていた。

「だってお前、泳ぎうまいだろ？　高さもたいしたことねぇし、砂浜も近い。だから大丈夫だと思ったんだ。でも、無事戻ってきてくれて安心した。オレは信じてたぞ、末晴《すえはる》――ぷっ」

こいつ……最後に吹き出しやがった……っ！

くそっ、途中で納得しそうになったじゃねぇかぁぁぁ！

「てめぇも一緒に落ちろやぁぁぁ！」

「くそっ、離せ！　末晴《すえはる》！　てめぇぇぇぇ！　やらせるかぁぁぁぁ！」

俺は無理やり哲彦《てつひこ》を羽交い締めにし、テラスの手すりへ。しかし落ちるまいと哲彦《てつひこ》が抵抗し、一進一退の攻防となる。

「あと少しだぁぁぁ！　覚悟しろ、哲彦《てつひこ》ぉぉぉ！」

「落ちるならお前だけで落ちやがれぇぇぇ！」

「えいっ☆」

ドンっと俺と哲彦《てつひこ》の肩が押される。

犯人はニコッと笑う愛らしい妹系美少女――真理愛《まりあ》だ。

「うおおおぉぉぉ！」

「こんにゃろぉぉぉぉ！」

落ちていく俺たちを見て、真理愛《まりあ》はうふふっ、と可愛《かわい》らしい声を上げた。

「いい映像が撮れましたね」

「いやいや、ももちーっ！　人を突き落としておいて何満足げに語ってるんスか⁉」

白草《しろくさ》は頰を引きつらせた。

「私はあの二人の肩を笑顔で押せるあなたが一番怖いわ……」

「あっしも、ももちーが一番怖いっス」

「あははっ、楽しいですね☆」

「ぷはーっ！　ビールうめーっ！」

海面から顔を出した俺の頭上にそんな声が降り注ぐ。

わかりにくいが、どうやら真理愛《まりあ》も凄《すご》い別荘にテンションが上がっているらしい。

ジト目の白草《しろくさ》もすぐにやれやれといった感じになり、肩をすくめた後には笑みを浮かべている。

だって、楽しいんだからしょうがない。

俺たちは沖縄《おきなわ》の海にやってきたのだ。

＊

こわーいお目付け役（黒羽《くろは》）がいないこともあって、俺たちはまず泳ぐことにした。

だってこんなエメラルドグリーンの海を見たら、そりゃ泳ぐしかないっしょ！

幸い各部屋をざっと点検したところ、二ヶ月前に白草《しろくさ》が来ているだけあって軽く掃除するだけで大丈夫そうだった。

まだ午後二時。今なら海に入れる。というか、陽《ひ》が落ちたら海水温が下がって泳ぎにくくなってしまう。沖縄《おきなわ》と言えど十月なのだ。泳げるときに泳ぐべきだろう。

いや～、勉強もしなきゃいけないし、やる気あるんだけどな～。しょうがないな～。勉強は夜でもできるけど泳ぐのは今しかできないからな～。

そんな言い訳をしつつ、割り振られた部屋に散り、おのおの水着に着替えることになった。

……まあ、俺と哲彦《てつひこ》はすでにずぶ濡《ぬ》れだから、脱いだ服は洗濯だ。

白草《しろくさ》から『先に砂浜に出たら休憩場所の設置を進めて欲しい』と頼まれていたので、俺と哲《てつ》彦《ひこ》は倉庫からパラソルやビーチシートを出してきた。

「哲彦《てつひこ》、この辺でいいか？」

「おー、そうだな」

哲彦《てつひこ》はドリンクを詰めたクーラーボックスを運んでくる。

俺はぐるりと砂浜を見渡した。

この砂浜は岩場の一部が円形にくりぬかれたところにできたような形をしており、海を正面にすると、右手に絶壁、左手に別荘がある。そして別荘と海の間にテラスへと繋《つな》がる階段があった。

しかしこんなところが日本にあるとはなぁ……ホント、パラダイスだよなぁ……。

足元に伝わる砂地の熱気が心を躍らせてくれる。

「末晴《すえはる》お兄ちゃん！」

そしてお楽しみは当然……女性陣の水着だっ！

一番手はどうやら真理愛《まりあ》らしい。

年齢が近い女の子の水着なんて、ずっと黒羽《くろは》のしか見てないからな。

さて、どんな感じなのか……。

「おう、モモ！」

期待満載で振り返り──俺は固まった。

真理愛《まりあ》の水着はフリフリの桃色ワンピース。こう、ボディラインがくっきり見えてセクシーさが強調されているタイプとは違うが、肌の露出の度合いが街着とレベルが違う。豊かとは言えないが程よい大きさの胸に、白い肌。か細い腕や脚が妙になまめかしくこれでもかと魅力を見せつけてくる。

わかっている。真理愛《まりあ》は俺の妹分。なのだが──

やはり水着には魔力がある。

いつもと違う格好、雰囲気、露出に思わずくらくらしてしまう。

問題はあの真理愛の水着姿だってことだ。

〝理想の妹〟と絶賛されている、テレビでも大人気の美少女。キャラが妹系ということもあって、元々肌の露出はかなり抑えている。スカートも短めはまずセッティングされず、清楚《せいそ》なイメージを売りとしている女優だ。水着姿なんて写真に撮ったら、高額で取り引きされることは間違いないだろう。

俺が真理愛《まりあ》をよく知っていると言っても、あくまで六年前。引退同然となってからはテレビで見ているだけだった。

だからその成長ぶりを目の当《ま》たり《あ》にすると、さすがに無視できるものではなくて……。

「末晴《すえはる》お兄ちゃん、どうですか？」

真理愛《まりあ》は無邪気に水着を見せつけてくる。

いつもなら軽く受け流すところだが、何となく気恥ずかしくなって、俺は視線を逸《そ》らしつつ言った。

「お、お～、い、いいな。可愛《かわい》いと思うぞ」

「ん～～～……」

真理愛《まりあ》は前かがみになって俺の表情をうかがうと、突如にまぁ～～っと笑った。

「あれれぇ～？　末晴《すえはる》お兄ちゃん、どうしたんですかぁ～？　せっかくモモ、水着姿なんで、もっと見てくださいよぉ～」

「い、いや、いいって」

「そんなこと言わないでくださいよぉ～。ほら、このフリル、可愛《かわい》いんですよ～」

真理愛《まりあ》はこれ見よがしにピラっとフリルをめくって身体《からだ》のラインを見せつけてくる。

「ちょ、モモ！」

どうやら俺が狼狽《ろうばい》するのが楽しくて仕方がないらしい。さらに密着してきてにまにま笑う。

「あはは、末晴《すえはる》お兄ちゃん、ドキドキしちゃいましたぁ～？　可愛《かわい》いでちゅねぇ～」

「くっ……わかった！　わかったからこれ以上近寄るな！」

「そんなこと言っても無駄でちゅよ～～？　お～～よちよち～～」

一生懸命見ないようにする俺の頭を真理愛《まりあ》が撫《な》でまわす。

ヤバい。完全に弄ばれている。

そんな折――パーカーのポケットに入れていた携帯が鳴った。

「おっと」

逃げるちょうどいいチャンスだったので、俺は慌てて距離を取り、ホットラインを確認した。

メッセージは白草《しろくさ》からだった。

『水着見せたいけど……みんなの前じゃ恥ずかしい……。玄関から出て右に進んだところにも小さな砂浜があるから、内緒でそこで見せたいな……』

……なるほどなるほど。

うんうん、なるほどなるほど。

よし――行こう。

すぐ行こう早く行こう。

「あーっと、ちょっと用事を思い出した～！」

さりげない仕草で俺は砂浜を後にし、玄関へと繋《つな》がる階段を駆け上がった。

後ろを確認！　よし、後をつけられてないな！　玄関よし！　ここから右！

待ちきれないぜ！　ダッシュだ！

白草《しろくさ》が言った通り、右に曲がって少し行ったところに小さな砂浜があった。

本当に小さな砂浜で、さっきまでいたテラスと繋《つな》がっている砂浜とはまるで違う。横幅は十メートルもなく、すぐにコンクリートの防波堤となってしまう。

ただ、見てすぐに『売り』がわかった。その小さな砂浜に二人が並んで座るのにちょうどいい石造りのベンチが置かれているのだ。石造りだからベンチが水没しても問題ないのだろう。二人だけの小さなビーチ。それがきっとこの空間のコンセプトだ。

俺は砂浜に下り、とりあえずベンチに座って待つことにした。

背後を振り返れば、俺の背丈ほどの防波堤が広がり、近くに来なければ人がいることすらわからない。ここは外なのに不思議とプライベート感がある。

「お、おおお、落ち着け俺……」

そわそわして落ち着かない。

どうして緊張してしまうのだろうか。

白草《しろくさ》は大事な女友達だ。

元初恋の女の子で、元憧れの女の子。

……元？

違う。初恋の女の子で、憧れの女の子である事実は今も変わっていない。

実は六年前に出会っていて、ただそのころとは風貌は全然違っていて。俺は彼女のことを天に輝く星のように遠い存在だと思っていて、でも実は身近な存在で。

そうだ。俺は白草《しろくさ》に対して、あまりにいろんな想《おも》いが渦巻いていて、今までしっかりと向き合ってこなかった気がする。

六年前の知り合いだからといって気軽に近づくには、高嶺《たかね》の花として刷り込まれすぎていた。今さら高嶺《たかね》の花として崇《あが》めるには、過去の関係が近すぎた。

だから告白祭後、何となく話しづらかった。二人きりになることもほとんどなかった。

話しづらいからといって、話したくないとかではない。ただ距離感がわからない。

たぶんこうした混乱は白草《しろくさ》にもある。何となくそれは雰囲気で伝わってくる。

わかっている。白草《しろくさ》が慕ってくれているって。

でもそれが幼なじみだったことによる友愛なのか、それとも恋愛なのか――わからないでいる。

あれだけ人前で盛大に振られてしまった俺だ。自分の判断はあてにならないし、あてにしてはいけないだろう。

だとしたら信じられるものは言葉しかないが、白草《しろくさ》から明確な好意の言葉をもらった覚えがない。行動では好意だと感じられるものがたくさんあるけれど……状況証拠であって、恋愛感情があるか否《いな》かの証拠にはなりえない。

俺は白草《しろくさ》をどう扱えばいいのだろうか。どう接すればいいのだろうか。

六年前、引きこもりの白草《しろくさ》に対し、俺は『頼もしい男友達』というスタンスで接していた。

でも今の白草《しろくさ》は六年前の彼女じゃない。

今の彼女に俺の助けなんていらない。俺は『頼もしい男友達』になれない。

じゃあ代わりにどんな立ち位置でいればいいのだろうか……？

「お待たせ、スーちゃん……」

「⁉」

背後からの声。思わず立ち上がったが、何だか緊張して振り向けない。

「……どうしたの？」

「あ、いや……」

何だか、バカみたいなことを思い出してしまった。

『これ、いくつだと思う？』

『D……いや、Eか？』

『こう、もうちょっとラインがわかる服にしてくれねぇかなぁ』

『そうそう！　水着だったら最高なのに！』

クラスメートが白草《しろくさ》のグラビアを見て話していたセリフ。この後、白草《しろくさ》は激怒し、教室にブリザードが吹き荒れた。

そう、白草《しろくさ》の水着姿とは、クラスメートも、そしておそらくは全国にいる無数のファンも、今まで見たくても見られなかった代物なのだ。

それだけじゃない。昔から毎年見ている黒羽《くろは》の水着でもなく、昔から妹扱いしている真理愛《まりあ》の水着でもなく、初恋の女の子で、憧れの女の子の水着なのだ。

どの観点から考えても――緊張しないほうが無理だった。

背中を向けたまま固まっている俺をおかしく思ったのだろう。

白草《しろくさ》は俺の正面に回り込んできた。

「スーちゃん？」

白草《しろくさ》が心配そうに覗《のぞ》き込《こ》んでくる。そうすることで、自然と彼女の全身が視界に入った。

白草《しろくさ》は水着の上から白いカーディガンを羽織っていた。

やや胸元が開いているし、丈が膝上二十センチとセクシーなものだが、しっかりと水着を隠しており、その辺り想像と違っていた。

それでちょっと落ち着いた。

「あはは、何だ！」

「何だ……って、どうしたの？」

「いや、だって水着を見せてくれるっていうから、ぶっちゃけもっとビキニみたいなものかと……」

残念な気持ちはあるけど、まあこんなもんだよな！

「……これは他の人に水着姿を見られたくなかったから着てきただけ」

「⁉」

「見せたかったのは――こっち」

白草《しろくさ》はしゅるりとカーディガンを脱いだ。

蛹《さなぎ》が蝶《ちょう》へ羽化するかのように、ふわっとカーディガンが舞った。

「――どう？」

白草《しろくさ》はもじもじと恥ずかしがりつつ、俺に尋ねる。

白ビキニが惜しげもなくさらけ出されている。海から反射した光と相まって輝いている。

今まで見ていたはずなのに、白草《しろくさ》の肌が想像していたよりも白く、見ているだけで胸が高鳴ってしまう。

白い肌と白い水着。豊かな胸と見事なくびれ。脚は驚くほど長くしなやかだ。モデル体型に真っ黒なロングストレートの髪が映え――ただただ美しかった。

「あ、あの、どど、どう言っていいかわからないけど――」

「……それだけじゃわからないわ。もっと詳しく教えて。ねぇ……スーちゃん？」

ヤバい。動悸《どうき》がヤバい。このまま死んでしまいそうなくらい心臓がうるさい。

何だか息をするだけで精いっぱいだ。酸素が足りない。

でも白草《しろくさ》が答えを求めるから。

俺は一気に息を吸い込み、できるだけ下品にならないよう正直な気持ちを告げた。

「すっげぇ似合ってる！　凄《すご》く綺麗《きれい》だと思う！　本当に、凄《すご》く凄《すご》く感動するくらい綺麗《きれい》だ！」

「あっ――」

白草《しろくさ》は突然その場にへたりこんでしまった。

「どうした、シロ？」

俺が近寄ろうとすると、白草《しろくさ》は手の平を向けて俺をストップさせた。

「大丈夫……大丈夫よ、スーちゃん……」

――嬉《うれ》しくて……ずっとずっと、そう言って欲しくて……。

白草《しろくさ》は言葉にならない言葉を口の中でつぶやいたが、声になっていないので俺には聞こえなかった。

ただ俺にわかったのは、白草《しろくさ》の目に涙が浮かんでいたことだった。

「シロ、本当に大丈夫か……？」

そう声をかけると、白草《しろくさ》は強く頭《かぶり》を振った。

どうやらそれが切り替えの合図だったようだ。

髪を整えると、いつものクールビューティーな彼女に戻っていた。

白草《しろくさ》は立ち上がって脚やお尻についた砂を払うと、ベンチを見た。

「スーちゃん、座らない？」

「あ、ああ！」

そう言われて俺はすぐさまベンチに座り直した。

「私も座っていいかしら？」

二人掛けのベンチに並んで座るなんて、距離が近すぎじゃないかな……。でも白草《しろくさ》だけ砂浜に座らせるなんて……そうなると俺が砂浜でもいいけど、向かい合うともっと緊張しそうだからちょっとな……。

なんて感じで迷ったが、申し出を断る理由なんて何一つなかった。

「ああ、当たり前だろ」

俺は端に寄って場所を空けた。

すると白草《しろくさ》は、俺の膝の上に座った。

「ん――――!?」

息が止まる、とはこういうことを言うのだろう。

わざわざ端に寄ったのに、俺の膝に座るってどういうこと？　俺の膝は椅子じゃないんだよ？

五蘊皆空 度一切苦厄 舎利子
異空 空不異色 色即是色 受・想・
復如是 舎利子 是諸法空相…

というか問題はそこじゃなくて――

（ちょ、膝に白草《しろくさ》のお尻の感触がぁぁぁぁっ！）

お互いに水着だから触れ合う肌と肌の間に挟まるものがまったくないんですけどぉぉぉっ！

先ほどからの強烈な緊張、プレッシャー、そして想定外のハプニング。

そのとき俺の脳裏をよぎったのは、小さなころ父親に覚えさせられた般若心経《はんにゃしんぎょう》だった。

『観自在菩薩《かんじーざいぼーさつ》・行深般若波羅蜜多時《ぎょうじんはんにゃーはーらーみったーじー》、照見五蘊皆空《しょうけんごーおんかいくう》、度一切苦厄《どーいっさいくーやく》。舎利子《しゃーりーしー》。色不異空《しきふーいーくう》、空《くう》不異色《ふーいーしき》、色即是空《しきそくぜーくう》、空即是色《くうそくぜーしき》。受《じゃー》・想《そう》・行《ぎょう》・識《しき》・亦復如是《やくぶーにょーぜー》。舎利子《しゃーりーしー》。是諸法空相《ぜーしょーほうくうそう》、不生《ふーしょう》不滅《ふーめつ》――』

思考がシャットダウンしたとき、俺には般若心経《はんにゃしんぎょう》が聞こえる。

当然顔は真顔だ。照れとか恥ずかしさとか、今の俺にはない。

逆に白草《しろくさ》は思考回路が空回りしているらしい。

首筋から横顔まですべてが真っ赤だ。

元々肌が白いから赤くなったのがより目立つ。頭から湯気でも出そうな勢いだ。

白草《しろくさ》は白草《しろくさ》でやってしまった感があるらしく、頬に両手を当て、そのまま固まってしまっている。

俺は無の境地。白草《しろくさ》は羞恥の極み。

まさに静と動のデッドロック状態と言っていいだろう。

ピリリリリッ！

パーカーのポケットに入れた携帯が鳴り響く。

その音で俺と白草《しろくさ》はようやく我に返った。

素早く白草《しろくさ》が立ち上がり、あまりの恥ずかしさからか、砂浜に落ちていたカーディガンを拾って肩にかける。

俺はとりあえず電話を取った。

「……末晴《すえはる》お兄ちゃん、随分お楽しみのようで……」

「モモ⁉」

真理愛《まりあ》の声が随分と低い。いつもは可愛《かわい》らしい声なのに、地獄の亡者《もうじゃ》のようなトーンだ。

と、いうことは、もしかして……。

「み、見てた……？」

「撮っていいい、いました……」

「ぶっ！」

俺は吹き出した。

「いや、せめて見るだけにしておけよ！　そしてお前の横にいるやつに言っておけ！　今すぐ死ねって！」

「……はい……はい、あ、末晴《すえはる》お兄ちゃん、横にいるケケケーと高笑いしている人からの伝言なんですけど……白草《しろくさ》さんの水着をアップで撮影したからデータ欲しいか、ですって」

「欲しいに決まってるけどさぁぁぁぁぁ！」

何それ⁉　動画データを渡す代わりに撮影した映像を使わせろってこと⁉　やっぱりあいつ悪魔じゃないの⁉

「ちなみにモモはすぐに乱入しようと思ったんですけど――」

「ん？」

「哲彦《てつひこ》さんがもう少し撮りたいと言ったから抑えていたんですよ――」

「あ？　う、うん？」

真理愛《まりあ》は何を言いたいんだろうか。

「だから――モモは――キレてますよ？」

「お前こえーよ」

俺は携帯を切った。

よし、モモが来る前に逃げよう。そうしよう。

と、俺が反転して石の階段を上ろうとしたところ――水着の上からシースルーのワンピースを着た真理愛《まりあ》が仁王立ちしていた。

「末晴《すえはる》お兄ちゃん、逃がしませんよ！」

「げっ！」

「てぃっ！」

うわっ、飛びついてきた！

「は〜な〜せ〜モモ〜っ！」

「嫌です！　モモも膝の上に座るんですぅ〜！」

「そんなことで対抗してどうする！」

「だってぇ〜〜！」

「桃坂《ももさか》さん！　いい加減にして！」

ぐっ、白草《しろくさ》まで参戦してきた。

「もう本当に何度も何度も……これ以上は許せないわ！　海に頭からぶっ挿してあげる！」

あ、うん、それはやめてあげて。マジで死ぬから。

「いやいやいや、シロ！　それ洒落《しゃれ》にならないって！」

「それはこっちのセリフです、白草《しろくさ》さん！　温厚なモモでもこれ以上の狼藉《ろうぜき》をすれば黙っていませんよ！」

「狼藉《ろうぜき》！　どっちが！」

「あなたですよ！」

俺を挟んで取っ組み合いとなる。

「ちょ、ちょっと待てって！」

間に挟まった俺は仲裁に入って——

「あ」

真理愛《まりあ》の胸に触れてしまった。

黒羽《くろは》とまではいかなくても、それなりに成長した胸——のはずが。肘が当たり、柔らかいと思った瞬間——ズレた。

「…………」

重ねたパッドが三枚、水着の隙間から飛び出る。

真理愛《まりあ》は左右の胸の大きさに差ができたまま固まった。

何というか、現実世界の残酷さを見てしまった感じだ。

今日来ている女性メンバーは全員プロポーションがいいため、差を際立《きわだ》たせてしまっている。

白草《しろくさ》は脚が長くて凹凸がしっかりしたモデル体型だし、玲菜《れな》はゆったりめのTシャツで隠しているがそれでもわかってしまうほどの豊かな胸、絵里《えり》さんは水着姿を見ていないが、街着でも色気を感じるスタイルのよい大人の女性だ。

それに対し真理愛《まりあ》はとても可愛《かわい》らしいのだが——くっ、これ以上は俺の口からは言えない！

あまりの惨状にこの場にいる全員が黙りこんでしまった。

「…………」

「…………」

「…………どんまい」

俺は真理愛《まりあ》を元気づけたつもりだった。

もちろんそれで元気になるはずもない。

「末晴《すえはる》お兄ちゃんを殺してモモも死ぬぅぅぅ！」

「落ち着けぇぇぇ、モモォォォーーッ！」

結局騒動は玲菜《れな》が真理愛《まりあ》を押さえ、哲彦《てつひこ》が仲裁に入るまで続いた……。

＊

一方、東京。志田《しだ》家——

「♪〜〜　♪〜〜」

リビングにある三十二インチのテレビで、今度群青《ぐんじょう》同盟で撮影するＰＶの練習用動画が再生されていた。

普段テレビの前にはソファーがあるが、今は部屋の端に寄せられて広いスペースが確保されている。

そこで黒羽《くろは》は懸命にダンスの練習をしていた。

「ふっ……はっ！」

息を切らし、汗を流して踊る黒羽《くろは》を朱音《あかね》が眺めている。

朱音《あかね》の手にはドラムスティック。音楽に合わせて木製のテーブルを軽く叩《たた》き、リズムを刻む様は手慣れている。

「クロねぇ、今のところワンテンポ遅い」

「うん、わかった」

ダンスはすでに仕上がってきている段階にある。そのため黒羽《くろは》は動画を止めなかった。間違えたところを頭に叩《たた》き込《こ》みつつ、全体を通して踊りきることで精度を高めていた。

「――――♪」

曲が終わり、黒羽《くろは》がポーズを決める。そして大きく息を吐きだすと、用意しておいたタオルを摑《つか》み取《と》って汗を拭いた。

「どう、朱音《あかね》？」

「さっき遅いって言ったところ以外は大丈夫だと思う。あとは歌いながらで身体《からだ》がついていくかが問題」

「うん、そうね。あたしの感覚としても同じ感じ」

「さすがクロねぇ。数日でここまで仕上げるなんて、凄《すご》い」

「……まあ、仕上げるって約束、哲彦《てつひこ》くんとしちゃったし」

ダンスが一番下手なら末晴《すえはる》に勉強を教えるのは禁止。

そんなことを言われては、手を抜くわけにはいかなかった。

「それだけじゃないでしょ？」

「ん？」

「クロねぇはダンスの練習だけじゃなくて、ハルにぃのためにテストも作ってるでしょ？」

「……知ってたんだ」

「あおいが、クロねぇが遅くまで起きてるって言って」

「……ま、あたしはハルのお姉ちゃんみたいなものだし。ホント世話が焼けるよね、ハルは」

「喧嘩《けんか》してるのに？」

「それはそれ。これはこれ」

「……やっぱりクロねぇは凄《すご》い」

「そんなことないよ」

「だって今、ハルにぃは遊び回っているかもしれないのに」

「…………………」

黒羽《くろは》はその場で固まり、肩を震わせた。

「クロねぇがいないのをいいことに勉強をほったらかしにしている可能性、高そう。それにハルにぃスケベだから、他の女の子に鼻の下を伸ばしてそう。そう思ったら、ワタシ、クロねぇみたいに献身的になれない」

「ふふっ……」

黒羽《くろは》は表情を隠し、笑った。

「ふふふふっ……」

「く、クロねぇ……？」

「そ、そんなことないよね……？　ハルだって頑張ってるよね……？　ど、どう思う、朱音《あかね》……？」

「ワタシはハルにぃの性格なら遊んでいると思う。クロねぇはどう思う？」

「…………」

「…………」

「…………」

「…………」

「…………ふふふふふふふふふふふふふっ」

朱音《あかね》はそっと廊下に出ると、高速で携帯を操作した。

「あ、あおい？　部活中ごめん。でも、できれば早く帰ってきて欲しい。ワタシだけでクロねえを抑えられる自信ない」

「ふふふふふふふっ――――」

「えっ？　どのくらいヤバいって？　……すっごくヤバい。口で説明できないくらい、すーーーーーーっごく」

「ふふふふふふふっ――――」

朱音《あかね》は携帯を切ると、黒羽《くろは》の不気味な笑い声から意識を逸《そ》らしつつ、沖縄《おきなわ》にいる末晴《すえはる》に繋《つな》がっているだろう青空を見上げてため息をついた。

第三章　パラダイスSOS

＊

真理愛《まりあ》と押し問答になって三十分後——

気を取り直してPVの話をしようということで、ようやく前向きな方向へと話は進みだしていた。

外だと暑いため、全員リビングに集まり、哲彦《てつひこ》が進行する。

「幸いなことにこの三日間は晴れの予報だ。つーことで、PVは砂浜で撮影をしようと思ってる。ただ砂質が柔らかすぎてダンスは厳しそうだ。だから簡易ステージを組むつもりだが、異論は？」

こいつちゃんと砂質を確認してたのか。

確かに言われてみれば、さっき砂浜を歩いたとき、予想以上に足を取られた。あれで踊るのは俺でもきつい。となるとダンスのトレーニング経験のある真理愛《まりあ》はともかく、黒羽《くろは》と白草《しろくさ》は厳しいだろう。

「ステージの手配はどうなってるんだ？」

俺は手を挙げて尋ねた。

「手配は今日中にオレが済ませておく。照明はいらないだろうから日光のみで。カメラはビデオカメラを今玲菜《れな》に渡しているが、あと二つレンタルして、本番はオレと末晴《すえはる》も加えた三ヶ所から撮影し、編集する予定だ。それと同時に音響一式も借りてくる」

「おいおい、ダンスだけ撮影して、音は編集でくっつけたほうがよくね？」

俺たちは素人《しろうと》なんだ。スピーカーの設置角度一つとっても満足にできるとは思えない。

しかし後から編集で音をつけるのなら音響は気にしなくていい。

MVなんかはそのパターンで、この前のアシッドスネークのMVでは、曲はスタジオで収録し、映像と合成している。

「その可能性も考えてる。まあいろいろ試してみるってだけだ。音がいいほうが踊りやすいだろ？　別に音がそのままバージョンと後付けバージョンの二つ作ってもいいんだし、無駄にはならないはずだ」

両方試すと言えば聞こえはいいが、ある意味どっちつかずだ。哲彦《てつひこ》は群青《ぐんじょう》同盟のレベルを把握し、向上を図りたいと言っていたが、確かに今回は本番というより練習と考えたほうがいいだろう。

「設営の人員のほうは？」

「オレと末晴《すえはる》と玲菜《れな》、それと志田《しだ》ちゃんの妹たちの予定だが……志田《しだ》ちゃんの勉強会に人員取られるとつれぇな」

「アオイちゃんとアカネは確実に空いてるが、中一の女の子と理解した上で使えよ？　重いものは俺が持つからな？」

「たりめーだ」

まあ、玲菜《れな》に一定の優しさを見せている哲彦《てつひこ》だ。女の子相手だし、無茶なことはさせないだろう。

「勉強に関しては志田《しだ》ちゃんのやる気次第なところがあるからな……明日様子を見てステージが組めそうにないなら、人員を手配して、明後日《あさって》朝一で完成させるわ。ま、できればうちのメンバーだけでやりてぇが、そういった感じで柔軟に対応するつもりだ」

あいかわらず哲彦《てつひこ》は黒羽《くろは》には配慮するよな。まあ哲彦《てつひこ》と黒羽《くろは》が本気で喧嘩《けんか》したら絶対俺じゃ止められないだろうからありがたいんだけど。

「そういえば衣装はどうなっているんですか？」

真理愛《まりあ》が尋ねた。

そりゃ出演者は服装が気になるか。水着はNGになったとはいえ、哲彦《てつひこ》のことだ。何を着させられるかわからないし。

「サイズの問題もあったからまだ用意してねぇよ。衣装は明日出演者三人で買いに行ってくれ。絵里《えり》さん、運転お願いしていいっすか？」

「え～、明日お酒飲めないの～?」

あー、まだ陽《ひ》が高いというのに、絵里《えり》さんもうだいぶ出来上がっている……。

「絵里《えり》さんには志田《しだ》ちゃん姉妹を迎えに行ってもらうんで、その際に可知《かち》と真理愛《まりあ》ちゃんを連れてってもらって、こっちに戻ってくる途中で買ってきてもらうってスケジュールっす」

「なる～。それなら午後からは飲めるってことね～。ならいいよいいよ～」

判断基準が飲めるかどうかなのか……。引率者がそれでいいのか……。何だか不安になってきたぞ……。

「あと確認してぇのは──二人のダンスの完成度、だな。とりあえず一度見せてもらおうか」

哲彦《てつひこ》の視線が白草《しろくさ》と真理愛《まりあ》へと移る。

白草《しろくさ》が一瞬、緊張した面持ちを見せた。それを見て取ってか、真理愛《まりあ》が先に立った。

「じゃあわたしからお見せします」

ダンスには少し広い場所が必要ということで、俺たちは全員でテラスに出た。

白草《しろくさ》の話によれば、外でパーティーをやるとき用に折りたたみの椅子やテーブルが倉庫にあるとのことだが、今は広々としたスペースがあるだけで何もない。

テラスの床はコンクリートだが、さすがにこの日差しで熱そうだ。

俺たちはテラスとの出入り口に備え付けられたサンダルを履いているからいいものの、当然ダンスでは脱ぐしかない。

俺は出入り口近くにある蛇口をひねった。この蛇口は砂浜からテラスへ上がってきた人が室内に入る際、足を洗うために設置されているようだ。

俺はバケツに溜《た》めた水を思いきりテラスにぶちまけた。

一気に水が蒸発し、その分床は冷える。

一度では不十分なようだったので、俺は数回それを繰り返した。

「どうだ、モモ。行けるか？」

「ありがとうございます、末晴《すえはる》お兄ちゃん。これで十分です」

その間に哲彦《てつひこ》は携帯を操作し、曲の準備を整えていた。

ヘッドセットマイクを装着した真理愛《まりあ》はサンダルを脱ぎ捨てると、テラスの中央に立った。

俺たちは屋根の日陰に移動し、真理愛《まりあ》を見守る。

ごくり、と唾を飲み込む音が聞こえた気がした。

さすが真理愛《まりあ》。ただ目をつぶって立っているだけなのに、雰囲気がある。今は水着の上にシースルーのワンピースという可愛《かわい》い格好なのに、緊張感が漂い、しかも目が離せない。

「じゃあ、行くぞ」

そう言って哲彦《てつひこ》は携帯をタップした。

「♪～～　♪～～」

前奏からわかるポップでキュートなミュージック。ちょっとレトロな感じのメロディーと歌詞は、懐古主義の人を意識して作られたものだという。それだけに『夏』『アイドル』といった単語が映像がなくても浮かんでくるような、ストレートないい曲だ。

この曲は哲彦《てつひこ》が総一郎《そういちろう》さんづてで手に入れたオリジナル曲だという。

元々この曲でデビューする予定の三人組のアイドルユニットがいて、ＰＶまで作ったというのに、発表の数日前にセンターの女の子の男性問題がツイッターから発覚。しかも相手の男性がそこそこ有名な男性アイドルだったことから大問題に発展して急遽《きゆうきよ》発売中止になり、お蔵入りとなってしまった問題作だという。

哲彦《てつひこ》はＣＭ勝負の最中から総一郎《そういちろう》さんに女の子メンバーが歌って踊れる曲を求めていたらしい。哲彦曰く《てつひこいわ》『可知《かち》の戦略を聞いて、ＣＭ勝負はまず勝てると思ったから次の手も打っておいただけだ』とのことだ。

で、発掘された曲がこの〝パラダイスＳＯＳ〟だ。

歌詞は夏の海にやってきた少女がカッコいい男二人と立て続けに出会い、積極的に誘われ、どっちがいいか迷ったあげく——

『どうしよう⁉　夏の恋はここで決まる⁉　Ｓ・Ｏ・Ｓ！　パラダイスＳＯＳ！』

というサビへと繋《つな》がっていく。

ちなみに一番と二番で押してくる男性が違っていて、AメロやBメロは男性から受ける様々なアプローチにドギマギする女の子の心情が歌われている。

(何というか、少女漫画チックな歌詞だ……)

ということで、この曲とダンスのポイントは、とにかく可愛《かわい》さ！　これに尽きる。

恋に夢中になって慌てふためく女の子が可愛《かわい》くないはずがない。

その点、真理愛《まりあ》は――見事だった。


『どうしよう⁉　夏の恋はここで決まる⁉　S・O・S！　パラダイスSOS！』


現在二番のサビだが、まあホントよくわかってる。

ほら、この両手を頬に当てて混乱するところとか、滅茶苦茶《めちゃくちゃ》あざといな！　あ、手を振ってニッコリ笑うところなんてアドリブでウィンクまでしてやがる！

どうすれば可愛《かわい》く見られるか完全に計算している。計算しすぎて、媚《こび》が感じられるレベルだ。

ここまでぶりっこをすると、女性から反感を持たれる危険があるだろう。しかしその分男性受けはよくなる。真理愛《まりあ》はその二つを比較したうえで、この曲はぶりっこを強調したほうが合っていると計算してやっている。だから決して間違っていない。

もちろん歌の実力も水準以上。うまさよりも可愛《かわい》さ優先。これヘッドホンで聞いていたら脳みそが蕩《とろ》けるやつだ、なんて思ったりした。

ちゃんと意図を理解し、必要なものを提供する。これぞプロの仕事ぶりだった。

「……おそまつさまでした」

曲が終了すると、真理愛《まりあ》はワンピースの裾をつまんでお辞儀した。

「『おおおぉぉぉ！』」

俺たちは文句の付けようのない出来に、拍手で応じた。

「さっすがモモ、数日でこの完成度かぁ！　やるなぁ！」

「すげーっ！　ももちーが女優って、初めて実感したっス！」

「触るとこねーな。むしろ全体のバランスのほうが問題だな」

「真理愛《まりあ》！　世界一可愛《かわい》いよ！」

絶賛の嵐が巻き起こるが、真理愛《まりあ》は当然と言わんばかりの優雅さだ。

お礼を言いつつも浮き足立つことはなく、日陰に移動した。

「じゃあ、次は可知《かち》だな」

「…………」

白草《しろくさ》は――顔を青くしていた。

日陰とはいえ、熱気をはらんだ濃密な海風が吹き付けているというのに……震えている。

「シロ……大丈夫か？」

俺の声でようやく我に返ったらしい。

とはいえ、ええ、と返すだけで精いっぱいのようだった。

「哲彦《てつひこ》、モモの後にいきなりやれってのは辛《つら》くないか？」

白草《しろくさ》が震えるのも無理はない。

今の真理愛《まりあ》の歌とダンスはまさにプロの技。素人《しろうと》がこの後にやるというのはかなりきつい。

「……まあ、それもそうか」

哲彦《てつひこ》は意外なほどあっさりと俺の提案に応じた。

「じゃあ少しだけ泳いで気分を変えるか。それと見せるのはひとまずオレと玲菜《れな》の前だけで――」

「――やるわ！」

話をぶった切り、白草《しろくさ》が言い切った。

だが……今の言い方はちょっとマズい。自信がないけれど、無理して自分を鼓舞しているのがまるわかりだ。

ただいずれやらなきゃいけないことだし、先延ばしにしてもプレッシャーが強まる可能性もあるわけで。

心配だったが反対もできず、見守ることしかできなかった。

白草《しろくさ》がテラスの中央に立つ。そして――音楽が始まった。

「♪〜　♪〜」

俺たちは黙って白草《しろくさ》の歌とダンスを見ていた。

「っ……！」

緊張している。声が硬い。動きも硬い。緊張が伝染してきて、見ているこっちが辛《つら》くなるほどだ。

ただ歌も踊りもよく覚えている。緊張しているのに、ミスが一つもない。

白草《しろくさ》は普段何でもできるような素振りでいるが、本質は几帳面《きちょうめん》な努力家だと思う。

でも――その几帳面《きちょうめん》さと真面目さが、今、最大の短所として出てしまっていた。

曲が終わる。

全員が拍手をしたものの、多少戸惑いが漂っているのは、誰もがわかる問題点があったからだろう。

「可知《かち》」

「……何？」

「お前、可愛《かわい》くねぇ」

「っ――」

哲彦《てつひこ》のやつ、あいかわらず容赦ないな。

でも――そうなのだ。可哀《かわい》そうだが、その通りなのだ。

このPVに必要なのはとにかく可愛《かわい》さ。むしろ可愛《かわい》ければ多少歌が下手くそだって、振り付けを間違えたってかまわないほどだ。

白草《しろくさ》はとてもきっちり歌うし、踊る。硬さが少し抜けてきた後半でさえ、『きっちり感』が伝わってきた。

でもそれって、致命的に可愛《かわい》くない。

そもそも白草《しろくさ》は可愛《かわい》いというより、美人と言える容姿とプロポーションをしている。元いじめられっ子ゆえか、隙が無い仕草や行動が染《し》みついていて、颯爽《さっそう》としていてクールだ。それってベクトル的には可愛《かわい》いと正反対で、どうしてもカッコいいになってしまう。

「っ——悪かったわね、下手くそで！」

白草《しろくさ》の諦めにも似た捨てゼリフに対し、哲彦《てつひこ》は淡々としていた。

「ちげぇ。下手くそじゃなくて、可愛《かわい》くねぇって言っただろ」

「悪かったわね、可愛《かわい》くなくて！」

「だからちげぇって言ってるだろ」

ダメだな、白草《しろくさ》の哲彦《てつひこ》への不信感と相まってよくない感じにねじれている。

だから俺が割って入った。

「シロ、哲彦《てつひこ》が言いたいのは可愛《かわい》く見えるような歌やダンスをして欲しいってことなんだ」

「……スーちゃん」

「シロが美人なことなんて、うちの学校のやつなら誰でも知ってる。歌もダンスもよく覚えてる。どっちも不慣れだろうに、数日でこれだけできるの、俺は凄《すご》いと思った」

「……そ、そう？」

　お、少し機嫌がよくなったらしい。

　表情に元気が戻ってきた。

「モモの歌とダンスを見て、ぶりっこだと思わなかったか？」

「……思ったわ」

「今回の曲を考えると、あれが正解なんだ。恥ずかしいかもしれないが、ああいう感じにする必要があると思う」

「な、なるほど……」

　白草《しろくさ》はぶつぶつと口の中でつぶやき、考えている。

　正直、可愛《かわい》く見せるには何よりまずプライドを捨てることが正解に近づく道のりだと思うが――これぱっかりは人それぞれのやり方があるから言えなかった。

　哲彦《てつひこ》が腕時計を見た。

「今、三時か。一時間くらい海で遊ぶ時間作って、四時から練習にするか。末晴《すえはる》と真理愛《まりあ》ちゃんはリビングで勉強な。お前らは少しでも学力上げて、志田《しだ》ちゃんに媚《こび》売って、自由時間を獲得してくれ。玲菜《れな》、今日のところはお前が見てやれよ」

「しょうがないっスね」

「……ん？」

俺は首を傾《かし》げた。

「レナは一年だろ？　二年の勉強を見られるはずないだろ」

「そりゃ玲菜《れな》だって習ってないところは無理だが、お前は一年の範囲から復習が必要なレベルだし。それと言っておくが、確実に玲菜《れな》のほうが学力上だぜ？」

「別に思うところがあるわけじゃないんだが……レナって頭いいのか？」

「こいつ入学以来ずっと学年一位だぞ。特待生だし」

うちの学校で特待生と言えば、学力が学年十位以内であることが求められるという。

「マジで⁉　なぁレナ、嘘《うそ》だろ？　嘘《うそ》だと言ってくれよ？」

「パイセン、もしかしてあっしのこと、バカと思ってなかったっスか？」

「お前、俺と同類だろ？」

「パイセン悪いっスけど同類にされるのはホントマジ勘弁なんでそういうこと言うのやめて欲しいっス」

「おーーーまーーーえーーーなーーーっ！」

玲菜《れな》の頬を引っ張ってやった。マジ懲りねぇな、この後輩。

しかし……そうか。

うちの学校は基本的にバイトを許されていない。進学校なので、勉強第一のためだ。だから玲菜《れな》は何でも屋なんて怪しげな方法で稼ぐしかない。特待生がバイトしているなんてバレたら完全にアウトだろう。

でも何でも屋なら、ギリギリセーフ。

……ん？　ギリギリセーフ、か？　セフセフ——いや、アウトじゃないか？

もしかして理由があるのかもしれないから、落ち着いたときに聞いてみるとするか。

「そういえば哲彦《てつひこ》さんって成績いいんですか？」

真理愛《まりあ》の質問に、俺が回答した。

「あ、こいつは常に五十位以内キープだぞ。さすがにクロやシロよりは下だっけ？」

「まあオレ、あまり勉強してねぇしな」

「それでどうして成績上位なんですか……？」

哲彦《てつひこ》は何でもないことのように言った。

「オレ、教師の思考を読んでテストの問題を予測してるんだよ。ま、八割ぐらい当たるから、トップにはなれないが上位キープはできるってわけだ」

「お前、どうしてその才能を世のため人のために使えないんだろうな……」

「アホか。世のため人のためなんてクソだろ。考えてみろ、偉人って言われるやつで聖人なんているのか？　人は勝手に救われて勝手に墜《お》ちていくもんなんだよ」

俺が肩をすくめていると、哲彦《てつひこ》が話を戻した。

「じゃあ、五時から夕飯作りな。手が空いてるやつは掃除。以上、異論は？」

「なしだ！　泳ごうぜ！」

なんだかんだ言って俺、ここまでちゃんと泳いでない。

勉強もしなきゃいけないし、ＰＶもあるが、今はすべてを忘れ、楽しもう！

「玲菜《れな》、お前も撮影はいいから遊べよ」

「いいんスか、テツ先輩」

「ま、水着は禁止令が出てるし、使えねぇ映像撮っても意味ねぇだろ」

「そういうことなら」

……やっぱり哲彦《てつひこ》のやつ、玲菜《れな》には優しいよなぁ。

「ひゃっほ〜〜〜っ！」

俺が真っ先に海に出て泳いでいると、絵里《えり》さんを除く他のメンバーも集まってきた。

最初は上着を脱ぐことをためらっていたメンバーも、俺や哲彦《てつひこ》が泳いでいる姿を見て開放感が高まってきたのだろう。一人また一人と上着を脱いで海の中に入っていく。

俺はまだ水着姿を見ていないメンバー……玲菜《れな》にこっそり注目していた。

その玲菜《れな》がＴシャツを脱ぎ捨て、最高のポテンシャルを解き放つ。

……そうですか、オフショルダービキニですか。胸元についたひらひらで胸が隠れているけれども……素晴らしいです。それと、今まで気づかなかったけれど胸だけじゃなく、意外にくびれもしっかりとあってお尻も――

「よいしょーーーっ！」

「ぐふっっ！」

哲彦《てつひこ》にラリアット気味の攻撃を食らい、海に後頭部から落とされた。

「哲彦《てつひこ》！　てめっ！　何しやがるんだ！」

「いや、ぼーっとしてたから、あれだろ？　攻撃してこいってフリだろ？」

「そんなんでフリになったらぼーっとできねぇだろうがぁぁ！」

俺は海中に潜ると哲彦《てつひこ》の足を掬《すく》い、ひっくり返してやった。

「やりやがったな！」

「それはこっちのセリフだろ！」

「ぶち殺してやる！」

「それもこっちのセリフだ！」

「アホっスなぁ……」

おい、後輩。聞こえてるぞ。後でまたお仕置きだな。

哲彦《てつひこ》は肩に手を回して俺の首を絞めると、耳元でつぶやいた。

「おい、この時間の間に可知《かち》のケアをしておけよ」

「はぁ？」

「あいつ、自信なくしてるだろ。お前、可知《かち》を引きこもりから立ち直らせたんだろ？　力になってやれよ」

こいつ、人への配慮ができないわけじゃないんだよなぁ。基本的にしないだけで。

今もたぶん、白草《しろくさ》の元気が回復しないとこの後の練習に差《さ》し障《さわ》るから言っているんだろうが
……普段からもっと周囲に優しくしてやればいいのに。

ま、今回は正論だから素直に頷《うなず》いておくとするか。

「わーったよ」

俺は哲彦《てつひこ》を突き飛ばすと、岩場近くで潜水している白草《しろくさ》のところまで泳いだ。

「シロ」

「……スーちゃん」

白草《しろくさ》の長い黒髪が濡《ぬ》れて頬に張り付いている。

いつもと違った雰囲気が新鮮で、綺麗《きれい》で、色っぽくて。

鼓動が高鳴り、俺は思わず緊張してしまっていた。

「す、凄《すご》くいいところだな！　海も青くて、透明感が凄《すご》いし！　連れてきてくれてありがとな！」

白草《しろくさ》は目を見開いた。表情から険しさが抜けていく。

「……うん。スーちゃんをいつか連れてきたいって思ってたの……〝ずっと〟」

白草《しろくさ》から『ずっと』という言葉を聞くと、心にズシンとくる。

文字にして、たった三文字。

しかしその三文字にどれほどの想《おも》いと年月が積み重なっていることか。

そのことを思うだけで俺は申し訳なさと切なさが込み上げてきて、いてもたってもいられなくなってくる。

白草《しろくさ》が俺をじっと見つめていた。

顎から水が滴《したた》り、髪も肌も輝いている。

あまりに綺麗《きれい》で、俺もまた見つめ返していた。

鼓動は加速している。身体《からだ》は海で冷やされているはずなのに――一向に減速しない。

でも緊張しているのとは違う。照れは感じない。

ただただ――吸い寄せられている。

白草《しろくさ》の純粋な瞳に、真っ直《す》ぐな親愛に、俺は――

「す、末晴《すえはる》お兄ちゃん！」

つんざく声が耳に届いた。

振り返ると、真理愛《まりあ》が海面で暴れていた。

（……溺れている⁉）

周囲を見渡すと、一番近いのは俺のようだった。

「待ってろ！」

俺はクロールで一気に真理愛《まりあ》のもとにたどり着き、抱きかかえた。

「大丈夫か、モモ！」

って、ん……？

足がつくんだけど……。

「おい、モモ……」

「なんちゃって♡」

「…………」

「…………」

「……ポイッ」

俺は真理愛《まりあ》を投げ捨てた。

「末晴《すえはる》お兄ちゃん⁉」

「お前、ホントそういうことすんなよ⁉　オオカミ少年の話、しなきゃいけないか⁉　やって
いいことと悪いことがあるだろ⁉」

「だって～、末晴《すえはる》お兄ちゃんに来て欲しくて～」

真理愛《まりあ》は再び俺に抱き着いてきた。

細い腕が俺の首に回される。柔らかな肌が密着し、控えめとはいえ、確かな胸の感触が二の腕あたりに押し付けられる。

……真理愛《まりあ》は昔から妹のような存在だ。いくらアイドルクラスに可愛《かわい》く、〝理想の妹〟などと呼ばれて世間で大人気であろうとも、俺は――

「スーちゃん、何ニヤけてるの……？」

真理愛《まりあ》のことが心配だったのだろう。俺の後からついてきた白草《しろくさ》だったが、俺たちのやり取りを見て――激高していた。

「ニヤケテナイヨ？」

「…………」

「ヤマシイキモチナイヨ？」

「こんな貧相な子にまでえちぃ気持ちになるなんて……っ！　よ、よくもそんなふしだらな真似《まね》を……っ！」

「ちょ、ちょっと待ってくれ！　違うんだ！」

「白草《しろくさ》さん!?　貧相って言葉取り消してもらえます!?　って、違うってどういうことです、末晴《すえはる》お兄ちゃん!?」

「だからそうじゃなくてぇぇぇ！」

「男の子って……っ！　男の子って……っ！」

「ちょ、待って……っ！　ぎゃーーっ！」

平手打ちの音が鳴り響く。

俺はぷかぷかと海面に浮かんだ。

＊

楽しい時間はあっという間に過ぎてしまうものだ。

気づけば四時になり、勉強時間となってしまっていた。

俺と真理愛《まりあ》はリビングに移動し、参考書とノートを広げている。それを監視する玲菜《れな》。絵里《えり》さんはソファーで熟睡している。

ここに来て初めての静かな時間だった。カリカリとシャープペンを走らせる音が聞こえる。

正直なところ俺はここまでずっとテンションが高かったせいで、急激に疲労を感じてきていた。

ぶっちゃけ眠い。めっちゃ眠い。

「レナ」

「なんスか？」

「お金払えば居眠り見逃してくれるか？」

「は〜〜っ」

玲菜《れな》はクソデカため息をついた。

「あいかわらずパイセン、最低っスね」

「ん？　何だこの後輩？　生意気だな？」

頬を引っ張られると思ったのだろう、とっさに玲菜《れな》は椅子から立ち上がって距離を取った。

「パイセン、いくらあっしが見逃しても、いつかは勉強しなきゃいけないんスよ？　成績は勉強した分だけ上がるんスよ？　見逃したら成績下がるだけじゃないっスか。わかってるっスか？」

「いやさ、海に入った後って眠くなるじゃん？　勉強しなきゃいけなくても、今じゃなくてもいいって思うじゃん？」

「パイセン、教科書を広げると急にマンガ読み始めるタイプじゃないっスか？」

「ドキッ」

何こいつ、俺の部屋を観察したことあるんじゃないのか？

「言っておくがな、やる気はあるんだ！」

「……へー」

玲菜《れな》の視線が冷たい。

俺は力説した。

「俺はやる気はあるんだ！　だが！　俺の脳が拒否しているんだ！　勉強したくないって！」

「――パイセン、そういう状態のことを『やる気がない』って言うんスよ？」

「あ、はい、すいません」

後輩から完全にゴミを見る目でにらまれるとへこみますよォ！

「はぁ、そんなんでよくうちの高校受かったっスね」

「まあ、クロに死ぬほど絞られたからな……」

勉強に拒絶反応を示す俺を、黒羽《くろは》は鬼教官としてビシバシとしごいた。その猛勉強のおかげで今の俺がある。

「は～、パイセン、ちゃんと志田《しだ》先輩にお礼言ったほうがいいっスよ？　こんな面倒くさいパイセンにそこまで付き合ってくれるなんて、完全に聖人っス」

「うっ――」

だよなぁ……。やっぱり俺、黒羽《くろは》に迷惑かけっぱなしだよなぁ……。

なのに喧嘩《けんか》してしまっている。罪悪感でいっぱいだ。

「ももちーを見習ってくださいっス」

真理愛《まりあ》は真面目に数学のテキストを進めている。まだ中学生レベルのものだが……シャープペンシルの進み具合を見ると、急速に学力をつけているのがわかる。

「できました。玲菜《れな》さん、丸つけお願いしてもいいですか？」

「もちっスよ」

玲菜《れな》が解答を確認する隙を見て、真理愛《まりあ》が声をかけてきた。

「末晴《すえはる》お兄ちゃんって、台本覚えるの、早いほうでしたよね？」

「あー、うん、遅いと言われたことはないな」

役をもらうと内容が気になってすぐ読んじゃうんだよな。で、役のことをいろいろ考えて何度も読み返しているうちに覚えてしまう。

「台本だと別に覚えようとしなくても覚えられるんだけどなぁ」

「ということは、記憶力は悪くないんですよ。なら苦手意識が問題じゃないですか？　……たぶん、あちらもそういう部分があるかと」

「…………」

真理愛《まりあ》がテラスへ目を向ける。

テラスでは哲彦《てつひこ》と白草《しろくさ》がダンスの特訓をしており、声や音楽が漏れ聞こえてきていた。

『ちげぇって言ってんだろ！　オレをにらんでどうすんだよ！』

『に、にらんでないわよ！』

『とにかく力抜け。それとせめてもうちょっと自然に笑え。いっそ媚《こ》びるくらいでもいい』

『や、やってるつもりなんだけど……』

『ほい、カメラ映像』

『うっ……』

そうなのだ。

哲彦《てつひこ》が先ほどから容赦なく指摘しているのに、白草《しろくさ》のダンスは改善される気配がない。

哲彦《てつひこ》の指摘は的を射ている。俺でもたぶん、似たような指摘をする。

笑顔、媚《こ》びるくらい、可愛《かわい》らしく、力を抜く――

これらのワードのすべてが白草《しろくさ》が本来持つベクトルに反している。

白草《しろくさ》と言えばクールビューティー。冷たく、颯爽《さつそう》としていて、カッコよく、美しく、気高い。

そのためだろう。俺が勉強に拒絶反応を示すのと同じく、白草《しろくさ》も〝パラダイスSOS〟に拒絶反応が出てしまっている。

これは……辛《つら》いな……。

たまらず俺は立ち上がった。

「すまん、五分だけくれ」

「末晴《すえはる》お兄ちゃん？」

「パイセン？」

真剣な声だったためだろう。テラスへ向かう俺を二人とも止めはしなかった。

「哲彦《てつひこ》、手本になるかわからないが、俺が一回踊ってみてもいいか？」

俺はこれでも劇団時代、ダンスを結構仕込まれた。それが活《い》きてチャイルド・スターに繋《つな》がっているくらいだから、どちらかと言えば自信があるほうだ。

白草《しろくさ》が今までに参考にしたのは『デビュー前に解散したアイドルのPV』や『真理愛《まりあ》のダンス』だと思うが、それでうまくできないのであれば、別のことを試したほうがいいだろう。

ということで、俺が踊ってみるという発想に繋《つな》がったのだった。

「別にいいけどよ、お前踊れんの？　練習してねぇだろ？」

「力になれることがあるかなって思って、一通りの動きくらいはマスターしてる。さすがに歌はなしで、ダンスだけな」

「ま、いいぜ。やってみろよ」

「おう」

俺が白草《しろくさ》に笑いかけると、白草《しろくさ》はあからさまにホッとしていた。

俺が踊る間だけでもひと息つけることが嬉《うれ》しかったのだろう。哲彦《てつひこ》に立て続けにダメだしをされ、随分参っていたようだ。

白草《しろくさ》と入れ替わりで俺はテラスの中央に立った。興味を示した真理愛《まりあ》と玲菜《れな》もテラスへ出てきた。

そして――曲が始まった。

「♪～～　♪～～」

そう、この曲は恋に恋する少女の物語。

まだ恋の痛みを知らない少女にとって、恋は最高の喜び！　未知なるトキメキ！　その喜びを、心臓の高鳴りを、全身で表現するのだァァーーッ！

「……キレッキレだな、おい」

「……テツ先輩、一ついいっスか？」

「……何だ？」

「……殺意、湧くんスけど」

「……同感だな。オレもブチ殺したいと思ってた」

「……なんというか、一瞬だけでもパイセンが可愛《かわい》いと思ってしまった自分が許せないというか」

「……ふと我に返ったときに飛び込んでくる末晴《すえはる》の顔が絶望感誘うよな」

「……そうっスそうっス。今、こんな人に才能を与えてしまった天を恨んでるところっス」

そんな会話の横で、俺の全力を尽くしたダンスは曲の盛り上がりと共に最高潮に達していく。

そして決めポーズで終えると——真理愛《まりあ》が拍手で迎えてくれた。

「素晴らしいです、末晴《すえはる》お兄ちゃん！　男性がやると気持ち悪いということ以外は完璧でした！」

「モモ、それ褒めてんの？　けなしてんの？」

「褒めてますけど？」

真理愛《まりあ》の場合、本気で言っているからちょっと反応に困る。

俺は隅で小さくなっている白草《しろくさ》に聞いてみた。

「どうだった、シロ？」

「……スーちゃんはやっぱり凄《すご》いね」

言葉にはしなかったが『スーちゃんは凄《すご》い』『でも私には無理』というニュアンスで聞こえた。

(心が折れかかっている……)

そう感じた俺は、少し話をすることにした。

「あのさ、シロ。俺さ、この前までトラウマで踊れなくなっていただろ？」

「……うん」

「でも今は踊れる。そのとき、踊れるようになったきっかけってホントに些細《ささい》なことでさ、それは『誰かのために踊る』ってことだったんだ」

「誰かの……ため……？」

「シロにはダンスを見て欲しい人、いないか？　もしいるなら、しかめっ面《つら》じゃなくて、笑ってるところを見せたくないか？」

「あっ……」

白草《しろくさ》は目を見開き、神妙に頷《うなず》いた。

「うん、笑ってるところを見せたいわ」

よかった。素直に受け止めてくれたようだ。

「俺はブランクがあっても、元々何年も鍛えていたから表面上何とかなった。でもシロは今までダンスなんて授業でやった程度だろ？」

「そう、だね……」

「ならできないのが当たり前。モモに勝つ必要なんてない。あと一日ちょっとで、できるだけでいいんだ。別に出来が悪くても責任取るのはこいつだから」

俺が親指を哲彦《てつひこ》に向けると、不満そうにしたが口答えはしてこなかった。

「――以上、ダンスの先輩からのアドバイスは終わり！　じゃあ俺は勉強に戻るわ！」

本当は俺がみっちり白草《しろくさ》に教えてやりたい気持ちはあるけれども、人それぞれに役割がある。プロの役者をしていただけに、役割は守らなきゃいけないという意識が俺は強い。

今回、俺は演出家じゃない。だから今この場では、このぐらいで引くべきだと思った。

「スーちゃん……ありがと」

（シロ、いい笑顔ができるじゃないか）

それだよ、それ。ダンスのとき、その笑顔が見たいんだ。

ただ、みんながいる前でそんな臭いセリフは当然言うことができず、俺は心の中でつぶやくだけで呑《の》み込《こ》んだ。

俺がリビングへ戻ると、真理愛《まりあ》と玲菜《れな》も一緒に戻ってきた。

「パイセンって、人にものを教えることができるんスねぇ……」

「おい、それどういう意味で言ってるんだ、レナ？」

やっぱり完全に見下してるよね、この後輩？　もっと厳しく指導したほうがいいかな？

ふふん、と真理愛《まりあ》が鼻を鳴らした。

「芸事なら末晴《すえはる》お兄ちゃんは無敵ですから」

「何でお前が自慢してるんだよ？　あと芸事って絞ると、その他は無能って聞こえるからな？」

「だって、本当のことですから！」

「えっ⁉　どっちが本当⁉　有能のほう？　無能のほう？　両方？」

真理愛《まりあ》はスッと視線を外すと、首を傾《かし》げて可愛《かわい》らしく微笑《ほほえ》んだ。

「だから答えを言えって！　笑顔でごまかせてねぇぞ！」

そんな俺たちを尻目に玲菜《れな》がため息をつく。

「ちょっとだけももちーが慕うのがわかったスけど……はぁ」

「どうしたんだ、レナ？」

「同じ後輩なのにどうしてあっしにはバカな面ばかり見せてくるんだろうなって」

「レナ、人には長所と短所があってな、短所ばかり見てもいいことないんだぞ？」

どうよ？　いいこと言ったっしょ？　これ先輩っぽいコメントっしょ？

ちらっと横目で玲菜《れな》を見ると、これ見よがしにため息をついた。

「心の中でドヤってるのわかりすぎてげんなりっス。しかもあっしの質問の答えになってないし」

「お〜〜ま〜〜え〜〜〜」

「暴力反対っスーーーっ！」

そんなこんなで勉強時間は消費されていった。

気づけばもう五時。

そろそろ夕飯を作り始めなければいけない時間となってきた。

哲彦《てつひこ》が一同を見回し、指示した。

「じゃあ、料理勝負ということで、可知《かち》と真理愛《まりあ》ちゃんはキッチンな」

「ええ、皆さんお楽しみに！」

「…………」

「玲菜《れな》は風呂《ふろ》掃除」

「了解したっス！」

「末晴《すえはる》はリビング周辺の雑用な。皿出しとか、料理の手伝いをしてやれ。ま、一応料理勝負だから中立的な立ち位置でな」

「わーったよ」

「オレは可知《かち》の親父《おやじ》さんに報告入れてくるわ。日に一度は報告入れるよう言われてんだよ」

「じゃ、あたしはお酒の準備ね」

先ほどまでソファーで爆睡していた絵里《えり》さんは元気が回復したらしく、さらに酒を飲む気らしい。

「絵里《えり》さんは酒の片づけを……っ！」

「やだ〜っ、哲彦《てつひこ》くん、怒っちゃやイケメンが台無しよ〜っ？」

「おい、末晴《すえはる》。手を貸せ。この酔っぱらい、二階から海に落とすぞ」

「お前、珍しいこと言うなぁ」

哲彦《てつひこ》の場合、ムカついたら問答無用、怖いものなし、という感じだから、普通俺に手伝えなんて言わない。

手伝えと言ったのは、俺に止めて欲しいからだ。いつものこいつなら俺に何も言わずに海へ放り投げようとするだろう。

と、いうことは……。

「お前って、絵里《えり》さんみたいなタイプ、苦手なのか？」

そういや哲彦《てつひこ》と年上のフランクなお姉さんとの絡《から》みっていうのは今までなかったな。

「別に」

「ふーん」

「って、話してる場合じゃねぇ。ほら、さっさと動け。飯、食うの遅くなるぞ！」

哲彦《てつひこ》は手を叩《たた》いてみんなを急《せ》かした。

いつもとは違う雰囲気は感じたが、哲彦《てつひこ》は表情を隠すのがうまい。

特に何も摑《つか》めずそれぞれ散ることになった。

俺はリビング居残り組のため、まずリビングの掃除（主に絵里《えり》さんの飲み散らかした酒の回収）から始めることにした。

「末晴《すえはる》お兄ちゃん、そっちの区切りがついたらモモを手伝ってください」

「いいぜ。何をやればいいんだ？」

「──モモが遠くへ行かないように、強く強く抱きしめてもらえれば」

「えっ⁉　いきなり何ぶっこんできてんの、お前⁉」

前振りなくてびっくりするわ！

「というのは半分冗談で、ちゃんこ鍋を作るので、野菜を切ったり鶏団子《とりだんご》を作ったりと、手が欲しいんです」

「うん、よくわかったが、何で半分しか冗談じゃないんだ？」

「冗談一割のほうがよかったですか？」

「そうじゃなくってぇぇぇぇ！」

あいかわらず真理愛《まりあ》の悪びれなさが凄《すご》い。ツッコミどころ満載すぎてこっちが疲れてくるわ。

とは思いつつも、真理愛《まりあ》は話していて楽しいし、可愛《かわい》げもあるから、一緒にいて心地いい。俺のことをよくわかっているから押してきても押し過ぎないし、知恵があるから時には意外なところから話題を振ってきたりして常に新鮮だ。

真理愛《まりあ》は俺の反応が満足いくものだったらしく、ご機嫌で鶏肉《とりにく》のミンチを手渡してくる。

「末晴《すえはる》お兄ちゃん……練って♡」

可愛《かわい》らしいおねだりに聞こえなくもない要求に、俺は肩をすくめて下ごしらえ用手袋を装着した。

何だかこうしたやり取り――自然だ。

俺は思考を働かせつつ、鶏肉《とりにく》のミンチを練り始めた。

真理愛《まりあ》とは六年ぶりに再会してそんなに期間が経《た》ってないが、違和感がないというか、すぐにピタッとあるべき位置に収まった感覚があった。

真理愛《まりあ》って俺からしてみると『出来過ぎる妹ポジション』であると同時に『問題児』でもある。だがもっと奥底まで掘り下げると、『パートナー』の感覚があったりする。

たぶんこれは、同じ役者という認識があるからだ。

年上とか年下とかは関係ない。俺の中で真理愛《まりあ》は『戦友』であり『パートナー』というポジションなのだ。

これ、黒羽《くろは》だと違う。黒羽《くろは》は――俺の『お世話係』という感じだ。

俺のダメダメな部分をいつの間にかフォローしてくれたり、助けてくれたり。だから黒羽《くろは》にには『恩がある』という意識が強くある。

単純に言ってしまえば、力関係は『俺＝真理愛《まりあ》』『俺＜黒羽《くろは》』と認識していて、会話でも立ち位置でもその力関係に則《のっと》ったやり取りだと自然に感じている気がする。

そう考えると、なぜ今回、黒羽《くろは》との喧嘩《けんか》が長引いているのかがわかった気がした。

今回、少なくとも俺は黒羽《くろは》に非があると思っている。これ、力関係から言えば逆なのだ。

今まではほとんど俺が悪くて、だからこそ黒羽《くろは》が優位な立場に立つ。関係性的に普段通りだから俺はすんなり謝れるし、黒羽《くろは》も許す。それで元通り。傷が浅い。

いつもと逆なのだから何だか気持ち悪いはずだ。黒羽《くろは》に非があって、俺が立場上優位となったとしたら、俺と黒羽《くろは》の関係は自然なものではなくなる。

………難しいなぁ。

そこまで考えてふと思った。

なら俺と白草《しろくさ》の力関係はどうなのだろう、と。

今のところは……対等？

六年前なら力関係は俺のほうが強かった。でも高校に入ってシローと気がつくまでは、惚《ほ》れていた俺のほうが圧倒的に弱かっただろう。

ここ最近の急激な変化に、まだ俺と白草《しろくさ》の立ち位置ははっきりしていない。

白草《しろくさ》への気持ちはどうなってる？　初恋は残ってる？　黒羽《くろは》への想《おも》いとの兼ね合いは？　黒《くろ》羽《は》と喧嘩《けんか》している影響はある？

考えることは多数あるけれど、どれもはっきりしていない。そしてはっきりさせる必要性も感じない。

ごちゃ混ぜなままが正直な気持ちだと思う。

でも、だからこそ——

俺は白草《しろくさ》にどう接していけばいいんだろうな。

「……って、あれ、シロは？」

俺がお酒の空き缶を片付けているときにはいたのにな……。

「先ほど何も言わず玄関から出て行きましたけど？」

「……？」

料理勝負なのにどうしたんだろ。

真理愛《まりあ》は着々と進めているのにまだ献立すら聞いてないぞ。

「ちょっと探してくる」

「……末晴《すえはる》お兄ちゃん」

「何だ？」

「……モモは別に料理勝負とか、こだわってないんで」

「ん？　どうして今そんなことを？」

「……何となくです」

よくわからないが『おう』とだけ告げて俺は玄関を出た。

と言ってもこの辺りの地理はよくわかっていない。

知っている場所と言えば、白草《しろくさ》が水着を見せてくれた——石のベンチのある砂浜くらいだ。

他に当てもないのでとりあえず向かってみた。

すると——いた。

白草《しろくさ》は砂浜にへたりこんでいた。

「どうしよ……」

まったく俺に気がついていない。何やらぶつぶつつぶやいている。

「どうしよ……せっかくのチャンスなのに……泥棒猫抜きの、ようやく摑《つか》んだ一日なのに……死ぬ気で攻めるって決めたのに……」

何を言っているのかわからない。もう少し近づいて耳をすませてみよう。

「せっかくスーちゃんの好物って聞いたから練習してきたのに……なのに、どうして鍋に……そもそも鍋ってどう作るのよ……煮ればいいの……？　煮ればいいわけ……？　レシピ多すぎだし、種類もありすぎだし、もう……どうしていいか……」

最初聞こえづらかったが、耳をすませたら聞こえてしまった。

ヤバい。いろんな意味でヤバい。

一番ヤバいのは、白草《しろくさ》の精神状態だ。

元々ダンスで哲彦《てつひこ》にしごかれて、かなり疲弊していたはずだ。

そこへ望まない料理勝負。それも軽く聞こえてきた限りでは、白草《しろくさ》は鍋料理にあまり馴染《なじ》みがないようだ。普通ならば家庭で鍋を作るところを見ることくらいありそうなものだが、そんな経験がまったくないのかもしれない。

考えてみれば白草《しろくさ》は超お嬢様。母親は生まれたときに亡《な》くなったと聞いているし、父親は大企業の社長。そうなると家庭料理を食べること自体が少なそうだ。

こうなるとなぜそもそも料理勝負を受けてしまったのか、とか、鍋に決まった時点で作れないとなぜ言わなかったのか、という問題になる。

でも……たぶん白草《しろくさ》は、臆病さやプライドのせいで言えなかったんだろうな……というのは想像できる。

隙を見せたくなかったのだ。できないと言えなかったのだ。

それが理解できるからこそ、俺が助け舟を出さなきゃと思った。

「シロ」

そっと背中に声をかけると、白草《しろくさ》は振り向きかけて慌ててやめた。カーディガンの袖で頬のあたりを拭う。

泣いていたのかと思うと、胸が痛んだ。涙を隠そうとする姿がいじらしかった。

「な、何、スーちゃん……。ちょっと一人になりたいんだけど……」

背中を向けたまま強がる白草《しろくさ》。だけど涙声が悲痛で、むしろ放っておけない。

「……シロ。シロはさ、俺にも強がらなきゃいけないか？」

「…………」

「シロはみんなに弱みを見せたくないから強がってる。違うか？」

白草《しろくさ》は無言だ。でもここで無言なら、頷《うなず》いているのと同じだ。

「俺は昔のシロを知ってる。なら今更弱みなんて隠す必要ないだろ？　俺は知ってるぞ？　お前、家の門から外に出ることすら嫌がって、泣いたことあるじゃないか」

引きこもりで、外を恐怖の迷宮としか感じられなくなっていて。

だから俺が無理やり連れ出そうとしたとき、門のところで怖くて泣いてしまったのだ。

「……今の私はあのころとは違うわ！」

白草《しろくさ》はぐっと砂を握りしめた。

「私は強くなった！　スーちゃんと並び立てるくらいまで！」

「……シロ」

強いやつは自分のことを強いとは言わないだろ。

それと強くなったことで引き合いに出すのが『俺と並び立てるくらい』というのが苦しい。

白草《しろくさ》が俺と並び立つために努力し、強くなろうとしたことがありありとわかるためだ。

「……シロ、俺は、強いとか強くないとか、どうでもいいとは言わないけど、こだわりすぎるのはよくないと思う」

「スーちゃん……？」

意外な言葉だったのだろうか。

白草《しろくさ》は目を見開いて振り返った。

「もし強さにこだわることでシロが苦しむなら、俺はこだわって欲しくない。もちろん弱すぎるのは良くないかもしれないが、強さよりも大事なことがあるんじゃないか」

「何が言いたいの、スーちゃん……？」

「俺は素直なことが大事なことだと思っているんだ。シロは素直になれなくて、自分で自分の首を絞めているように俺には見える」

「…………」

「シロ、別にデカくて腕力があれば強いってわけじゃないだろ？　人を威圧して、怖がらせて、それで強いってわけじゃないだろ？　弱さを認めて、素直になることも強さの一つじゃないか……？」

……そうだ。俺は白草《しろくさ》が無理をするところを見たくないのだ。

ただの同級生だったころは気がついていなかった。クールで威圧的な性格だと思っていた。

でも違うんだ。昔仲が良かったシローとわかり、再び距離が近づいてきたから、無理をしているのがわかる。

白草《しろくさ》は目尻に涙を浮かべ、絞り出すように言った。

「スーちゃんの言っていることはわかるけどっ…………怖いの」

ああ、何だか綺麗《きれい》になりすぎてピンときてなかったけど、こっちの姿のほうがしっくりくる。

これが俺の知っているシロー……いや、シロだ。

弱くて、臆病で、強情で。

美しい容姿やスタイル、明晰《めいせき》な頭脳、強い意思と生真面目さ。生まれも超大金持ち。白草《しろくさ》は羨望《せんぼう》されるものを溢《あふ》れかえらんばかりに持っているのに、とにかく臆病で不器用だ。そこがアンバランスで、危うさがあって、それだけに——放っておけない。

「シロ、鍋を作ったことがないんだよな？　もしかして作るところを見たことすらないんじゃないか？」

「!?　何でそれを……？」

「さっきちょっと聞こえた」

白草《しろくさ》は真っ赤になると同時に、ひどく落ち込んだ。

「ダメだわ……やっぱり私、全然ダメだ……せっかく作りだしたチャンスの一日なのに……」

「あとさ、俺の好物、練習してきてくれたのか？」

「そ、そんなところも!?」

「断片的にだけど、聞こえた」

「ううううぅぅぅーーっ！」

白草《しろくさ》は一層へたりこみ、涙目となって砂浜に突っ伏す。

「何でへこむんだ？」

「……何も言わずに作って、カッコつけたかったのに」

白草《しろくさ》は俺に話しているわけではないらしい。声をかすかに拾える程度で、つぶやきの内容まではわからなかった。

その後もぶつぶつと聞き取れない声で独り言をつぶやく白草《しろくさ》の背中に向けて、俺は力強く告げた。

「ありがとな、シロ！　俺、嬉《うれ》しいぞ！」

「……えっ？」

「俺のために料理を練習してきてくれたなんて、すげー嬉《うれ》しい！　料理を作ってもらうだけでもありがたいのに、練習までしてくれるなんて、ホントありがてぇって！　ぜひ食べさせてくれよ！」

「で、でも……鍋勝負なのに……」

「んなもんどうにでもなるって！　で、どんな料理を練習してきてくれたんだ？」

白草《しろくさ》は胸の前でもじもじと指を戦わせた。

「…………鶏《とり》のから揚げ」

「俺の大好物じゃねぇか！　鍋だけじゃ物足りないだろうし、肉の参戦は大歓迎！　じゃあシロはから揚げ作って、モモは鍋！　それで決定だな！　材料の用意は？」

「い、一応さっきのショッピングセンターで買ってあるわ……」

「じゃあ問題なし！　哲彦《てつひこ》やモモには俺が適当に言っておくから、シロは気にせず料理に専念してくれ！」

俺が手を差し伸べると、白草《しろくさ》は頬を拭った後、摑《つか》み取《と》った。

立ち上がり、お尻の砂を払った白草《しろくさ》がつぶやく。

「……スーちゃんは私ができないことを、いともたやすくやってのけるわ」

「そんなことないって。俺、お前みたいに小説なんて書けないぞ？」

「そうやって自分のことは置いといて、すぐ相手のいいところを見つけてくれる。スーちゃんは意固地で、臆病で、ネガティブな私に、いつも大きな勇気と力をくれるわ」

夕焼けが綺麗《きれい》だ……。

美しい海と、砂浜と、まぶしいほどの純粋な瞳を向けてくる白草《しろくさ》。

出来過ぎだ。あまりに揃《そろ》いすぎている。

こんなに綺麗《きれい》なものが揃《そろ》ってしまったら、胸の高鳴りを感じずにはいられない。

「スーちゃん……」

白草《しろくさ》が一歩、歩み寄ってきた。

「シロ……」

俺も何となく一歩近づいた。

もうこれで、二人の距離は一歩分しかない。

目が離せない。白草《しろくさ》の瞳から。

まただ。また吸い寄せられていく。

これが夏のマジックとでも言うべき代物なのだろうか——

……ん？

俺は思わず我に返った。

何か聞き覚えがあるワードだな。

そうだ、夏のマジックって——

『あの、普段何でもなかった男女が、その……旅行に行った途端……マジックが起こったみたいに……』

『あ～、旅行でテンションが上がってくっつく、みたいな』

ああああああぁぁぁぁぁ！

アオイちゃんが言ってたじゃないか！

これか！　これが旅行マジックか！

凄《すご》い！　凄《すご》いぞ、旅行マジック！　完全に吸い込まれてた！

……って、アオイちゃん、この後なんて言ってたっけ？

『それです！　はる兄さん、そうならないようにだけは注意したほうがいいです。もしそんなことになったら、きっと後悔します』

あ。

いや〜〜〜〜〜〜〜〜〜〜。

……後悔する？　しちゃうかな？

後悔するとしたら何に？

……決まってるか。クロを選ばなかったことに、だ。

今、シロに吸い寄せられている。それは、クロと喧嘩《けんか》していることが影響しているのかもしれない。もちろん、そうじゃないかもしれない。

そんな風にわからないうちに決めてしまったら、後悔する——

アオイちゃんが言っていたことの結論は、それだった。

でも、いいのか？

シロがこんなに近くにいるのに、俺は——

ピリリリリリッ！

着信だ。真理愛《まりあ》からだった。

「もしもし」

「末晴《すえはる》お兄ちゃん、どこにいるんです？　白草《しろくさ》さんは見つかったんですか？」

「あ、ああ、見つかった！」

白草《しろくさ》はバツが悪いのか、風になびく長い黒髪を押さえつつ、指にくるくる巻き付けている。

「料理、結構進んじゃってますよ？　早く戻ってきてください。手伝いもお願いします」

「わかった！　すぐに戻る！」

そう告げて携帯を切った。

「……聞こえたか、シロ」

「……ええ」

「……戻るか」

「……うん」

帰る途中、何となく無言だった。

でも居心地は悪くない。

今まで白草《しろくさ》と二人きりのとき、話が尽きるとどこか気まずかった。白草《しろくさ》から何となく威圧感を覚えるためだ。

けれども今は違う。

俺が前を歩き、すぐ斜め後ろを白草《しろくさ》がついてくる。

白草《しろくさ》は何も言わず、俺のパーカーの裾をつまんだ。

（あっ——）

ふいに、しっ、、くり、、き、、た。

これだ。俺が一歩前を歩き、白草《しろくさ》がついてくる——これがおそらく俺と白草《しろくさ》の適正な距離なのだ。

俺たちは六年間でいろいろ変わった。環境も、容姿も、積み上げてきたものも。

でも適正距離は——変わっていなかったのかもしれない。

パーカーを通して肩や背中に感じられる、白草《しろくさ》からの信頼感が心地いい。

話さなくてもわかり合えている。絆《きずな》が二人の間に確かにある。

そうか。今まではきっと、白草《しろくさ》が無理に俺に並ぼうとして、かえってギクシャクしていたのかもしれない。

前でも後ろでも、そこに優劣も強弱もない。

俺が黒羽《くろは》との力関係で負けていようと、人としての優劣と関係ないのと一緒だ。

俺たちの間において、ただその関係が適するだけ。居心地がいいかどうかだけ。

それでいいんだ、きっと。

料理勝負をうやむやにすることについて、哲彦《てつひこ》が少々呆《あき》れたくらいで、他のメンバーから文句はまったく出なかった。

そして俺がから揚げを所望し、白草《しろくさ》が作ると言うと、みんなむしろ喜んだ。

そうしてみんなで囲む夕食は、実に楽しいものだった。

真理愛《まりあ》の作った鍋と白草《しろくさ》の作ったから揚げはおいしく、笑い合い、からかい合い、あっという間に時間が過ぎていった。

その後、白草《しろくさ》オススメのお風呂《ふろ》からの星空を全員が堪能《たんのう》した。各自寝る準備を整え、またメンバーがリビングに集合したころ、すでに夜十時を過ぎていた。

だがまあ、旅行で夜十時は宵の口と言える。

しかもお目付け役のお姉さんはかなりフランク。というかすでに泥酔《でいすい》状態で、もうお目付け役どころかこっちが世話をしているレベルだ。

となれば、夜は盛り上がる一方だった。

「あ、末晴《すえはる》お兄ちゃん、ロンです」

「はぁ!? そこっ!?」

「タンヤオドラ四、マンガン八千点です」

「ちょぉぉぉぉ!? ドラ四って何だよぉぉぉ!?」

「モモ、不思議とドラに好かれるんです♡」

「こえー、ももちーこえー。クイタンで親流しにきたかと思えばこれっスかー」

「個人的には最高ドラ十の経験があります」

「げっ、芸能人の豪運、半端《はんぱ》ねぇな……」

「えーと、タンヤオって、二～八までで揃《そろ》えればいいのよね？　あれ、両面待《リヤンメンま》ちのほうだったかしら？」

「シロ、それはピンフだ」

俺が点棒を真理愛《まりあ》に渡す背後で、白草《しろくさ》は携帯で役を勉強している。

この後、負けた俺の入れ替わりで唯一麻雀《マージヤン》未経験者だった白草《しろくさ》が入り、猛威を振るうわけだが、それはまあいい。

とにかく俺たちは大いに楽しみ、盛り上がり、笑い、語り合った。

「末晴《すえはる》お兄ちゃ～ん……ほっぺにスリスリしていいですかぁ……」

「何言ってんの、この子!?　スーちゃんから離れなさいよ！」

「やだっ♪　もっと末晴《すえはる》お兄ちゃんに甘えるんですから♪」

「う～、モモ～、重い～。つーか、眠い～。寝かせてくれぇ～」

「ならモモも一緒に寝る～。お兄ちゃんの腕枕で～」

「桃坂《ももさか》さん……これ以上するなら……」

「あ～っ、可知《かち》先輩落ち着いてっス～～っ！　……ってか何かおかしいなと思ったら、ももちー間違えてお酒飲んじゃったっぽいっスね」

玲菜《れな》が真理愛《まりあ》の傍《そば》にあった缶を確認する。

その缶を白草《しろくさ》は摑《つか》み取《と》ると、匂いを嗅ぎ、その後ペロッと舐《な》めた。

「桃坂《ももさか》さん……缶はお酒のものだけど……これ、中身水よね？」

「えっ、ももちー……？」

「……………………何のことやら」

「桃坂《ももさか》さん、あなたね……っ！」

「ちょっっ、落ち着くっス～っ！」

「修羅場を見ながら片耳だけイヤホンつけて盛り上がる音楽聞くの、超面白いな」

「テツ先輩は変な楽しみ見つけないでくださいっス！」

「あぁぁぁぁ、うるさくて眠れねぇじゃねぇかぁぁぁぁ！」

そんな感じで宴《うたげ》は夜遅くまで続き、気がつけば朝になりかけていた。そのくらいになるとドッと疲労が押し寄せてきて、みんな部屋に戻るのが面倒くさくなり、そのままソファーや床で寝てしまった。

……ということで、朝になり、そこそこの時刻になってもみんなまだ寝ていた。

なので誰も気づかなかった。大量の着信がきていたって。

そして本来あるべき迎えが来ず、やむなくタクシーでやってきた彼女たちが玄関から入ってきたことで、ようやく俺たちは目を覚ました。

「へー、随分楽しそうにやってるじゃない、ハル……あたし抜きで」

ショボショボする目をこする俺に、口角を吊《つ》り上《あ》げた黒羽《くろは》が顔を寄せてくる。

俺は死を予感した。

旅行は二日目に突入——

——志田四姉妹《カラフルシスターズ》がやってきた！

第四章　初恋の毒

＊

黒羽《くろは》たちの登場で、リビングに寝転がっていたメンバーたちがわらわらと起きてくる。

俺が時計を見上げると——十一時だった。

（……あー）

確か本来は七時に起きて、朝食づくりや勉強、ダンス練習をする予定だった。

えーと……夜を徹して遊んでいる間に朝食なんてどうでもいいやという話になり……九時半に絵里《えり》さんと女性メンバーが空港へ向かう必要があるから、そこだけは死守しようという話になった……はずだ。

その話をしていたのが四時半ごろ。

で、九時に目覚ましを設定して寝たつもりなんだけど——

「あれぇ～？　おっかしいな……もう十一時？」

と俺が寝ぼけ眼で言うと、黒羽《くろは》が顎に人差し指を当て、闇を宿した笑みで顔を近づけてきた。

「ん～？　おかしいなぁってあたしたちの言葉だと思うんだけど、違うかなぁ～？」

でもなぁ。

うっ……黒羽《くろは》は表面上笑顔でいるけど、これ完全にブチキレてる。

「ならまず言うことあるんじゃない～？」

「あ～、まあ～……」

『まず言うことあるんじゃない？』

っていうのはちょっと俺の中でメラッとくるものがあった。

だってこのセリフに似たこと、俺は何度も言った。でも黒羽《くろは》はごまかそうとしただけだった。

「ふ～ん、そんなセリフ言うのか……自分のことは棚に上げて」

「っ――」

黒羽《くろは》は小動物のようと言われる可愛《かわい》らしい目を吊《つ》り上《あ》げた。

「へぇ……何？　喧嘩売ってるの、ハル……」

「わ～～～っ！」

間に飛び込んできたのは碧《みどり》だ。

「クロ姉ぇ！　こんなみんながいるところで暴れちゃダメだって！」

「ちょ、碧《みどり》！　離しなさい！　それに暴れるってどういうことよ！」

「いや、今暴れてるじゃんよ！」

「あはは、お騒がせしてすみません……」

みんなに頭を下げているのは蒼依《あおい》だ。

「うわ……」

時間に気がついて顔を青くしたのは絵里《えり》さんだった。

「ごっめ～ん、完全に寝過ごしちゃってた……」

バツが悪そうにこめかみを掻《か》きつつ謝った。

「黒羽《くろは》ちゃん、ごめんね。引率者のあたしがこの有様《ありさま》でさ」

「あっ……いえ、そんなことは……」

年上のお姉さんから謝られ、黒羽《くろは》は溜飲《りゅういん》が下がったようだ。

「ホントごめんね？　ここまで何で来た？」

「ちょっと場所に自信がなかったので、住所を伝えてタクシーで来ました」

「そっかぁ、そのお金、あたしが払うよ。いくらだった？」

「えっ、でも……っ！」

そうこうしている間に哲彦《てつひこ》も起きてきて、間に入った。

「あー、絵里《えり》さん、いいっす。オレが払います。志田《しだ》ちゃん、今回のはオレたちのミスだ。群《ぐん》青同盟《じょう》の経費で払うから。領収証、ある？」

「うん、もらっておいた」

「……オッケー。じゃ、お金」

哲彦《てつひこ》が領収証を回収し、その分のお金を渡した。

まあ俺たちがやってしまったことについては、これで一件落着した。

初対面の人が多いということで、黒羽《くろは》は妹たちを紹介した。

「この子が碧《みどり》。中学三年生よ。受験生だから、ハルと一緒に勉強組ね」

「ど、どうも、よろしくお願いします」

いつもの乱暴な仕草はどこへやら。借りてきた猫みたいになっている。結構人見知りなんだよな、碧《みどり》。

「この子たちは蒼依《あおい》と朱音《あかね》。双子よ。中学一年生ね。ツインテールのほうが姉の蒼依《あおい》、おさげでメガネをかけているのが妹の朱音《あかね》よ」

「蒼依《あおい》です。今日は呼んでいただいてありがとうございます。よろしくお願いします」

蒼依《あおい》はさすがというか、とても丁寧ですっと場に入り込んでくる。

「……よろしく」

逆に朱音《あかね》にはすでにちょっと壁がある。白草《しろくさ》とは別の意味で不器用なんだよな、この子。

誰からともなく拍手が巻き起こった。

この楽しい場に仲間が増えるのを反対する人などいない。当然の歓迎ムードだった。

「哲彦《てつひこ》くん、予定どうなってるの？」

あー、と言いつつ哲彦《てつひこ》は頭を掻《か》いた。

「午後からステージ用の資材が搬入される。その組み立てがまず必要だ。あと可知《かち》はもう少しダンス練習がいる。真理愛《まりあ》ちゃんは良かったから、昨日からすでに勉強組に入れておいた」

「ふーん、他にやることは？」

「本当は志田《しだ》ちゃんたちを迎えに行くついでに衣装を揃《そろ》える予定だったんだよ。まあこれから買いに行くしかないんだが、どうっすかなぁ……。昼飯作る組と買い物組で分けて、飯作ってる間にささっと行ってくるかぁ」

「あ、そのことなんだけど……蒼依《あおい》」

ここでなぜ蒼依《あおい》なのか。

不思議に思う一同に、蒼依《あおい》は緊張しつつ口を開いた。

「あ、あのですね、くろ姉さんから話を聞いたりＰＶを見せてもらったりしている間に、衣装について思ったことがありまして……」

「へー」

哲彦《てつひこ》は興味深げに蒼依《あおい》の顔を眺めた。

「えーと、蒼依《あおい》ちゃんって呼んで大丈夫か？」

「はい、結構です」

「思ったこと、教えてくれ」

「はい。水着がＮＧになったんですよね？　それでこれから買いに行くってことは、たぶんアイドル系のフリフリの衣装を想定されているんじゃないでしょうか？」

「まあ、そうだな。別に決めちゃいなかったが、そういうイメージあったな」

「それはやめて、普通の私服にしませんか？」

「！」

哲彦《てつひこ》の顔色が変わった。

「……なるほど、変に着飾るより、夏の海に来た普通の女の子ってイメージが強くなっていいな。そもそも群青《ぐんじょう》同盟は別にアイドルを目指しているわけじゃなく、普通の高校生としての延長線上が売りでもあるからな」

「そうです！　わたしも群青《ぐんじょう》同盟のコンセプトから、私服のほうがいいと思いまして！　凄《すご》いですね！　ちょっと言っただけでわかるなんて！」

哲彦《てつひこ》はこういう勘、いいよな。

「よし、それなら買い出しはなしだ。衣装は持ってきている私服の中から決めようぜ。三人のバランスとかあるだろうから……蒼依《あおい》ちゃん、君がセレクトしてくれないか？」

「えっ⁉　わ、わたしですか⁉」

「提案したのは君だ。センスも見てみてぇ」

蒼依《あおい》がチラッと俺を見上げてきた。

止めて欲しいの半分、やってみたいの半分って表情だ。

となれば俺の結論は決まっている。

「アオイちゃん、やりなよ。俺も見てみたいな」

「はる兄さん⁉」

「文句あるやついるか？」

俺は一同を見回したが、むしろ歓迎ムードだった。実際に衣装を着る三人も励ますコメントを次々に送る。

「蒼依《あおい》、自信持ってやりなさい」

「自分で決めるより気が楽だからありがたいわ」

「面白そうですね。期待してますよ、可愛《かわ》いスタイリストさん」

蒼依《あおい》は引っ込み思案だ。それだけに自分が注目され、期待されることが恥ずかしくなってしまったらしい。真っ赤になってうつむいてしまい、

「頑張ります……」

と消え入りそうな声でつぶやくのが精いっぱいだった。

哲彦《てつひこ》は仕切り直した。

「じゃあ腹が減ったからとりあえず飯作り！　今来た四人は一階に二部屋用意されてるから、荷物を置いたらまた上に来てくれ。で、志田《しだ》ちゃんは歌とダンスの状態を見たいから、テラスへ。その後、可知《かち》と真理愛《まりあ》ちゃんも入れて、昼前に一回くらい合わせてみたい」

「オッケー」

「わかったわ」

「了解しました」

舞台に立つ三人が頷《うなず》く。

「志田《しだ》ちゃんの妹ちゃんたちは料理の手伝いでもしてくれ。料理はカレーだったよな？　末晴《すえはる》、お前が仕切ってくれ」

「了解」

せっかくこんな素晴らしい場所に来たんだ。無駄なく時間を使って楽しみたい。

ということでみんなバタバタと動き始めた。

と言っても昼飯のほうはいつも作っているカレーということで、あまり不安要素はない。

気になるのはやはり黒羽《くろは》の歌とダンスの出来だった。

哲彦《てつひこ》は黒羽《くろは》の出来が悪ければ、勉強を教えに行かせないと言っていた。となれば先生役が玲《れ》菜《な》から黒羽《くろは》に代わるか否《いな》かの境目だから、どうしても気になる。

俺が炊飯器のスイッチを入れ、十人分にも及ぶ野菜をひたすら切っていると、碧《みどり》たちがやってきた。

「アタシたちも切るよ」

「助かる。で、クロの出来はどんな感じなんだ？」

「スエハルも見に行ったほうがいいんじゃねーの？　ま、その間アタシらが進めておくから」

「珍しいな……。ミドリがそんな気を使うなんて……。あ、わかった。知らない人がたくさんいるせいだろ？」

「うるせぇ。素直に感謝して行けよ」

「はいはい」

「あ、それならみどり姉さんも見てきたらどうですか？　模試のための勉強でまったく見てませんよね？」

「お、いいの、アオイ？」

「お前、感謝しろとか言ってたくせに……」

悪態をつくと、碧《みどり》に尻を膝で蹴られた。

「ワタシはクロねぇの練習に付き合ってたから、もう見飽きてる。だからみんな行っていい」

朱音《あかね》も後押しをしてくれる。

でもそうなると、一番年下の双子組に押し付けることになってしまうか……。

「もうさ、みんなで見に行こうぜ？　アオイちゃんやアカネも、シロやモモのは見てないだろ？」

俺はそう誘った。けれども——

朱音《あかね》が無言で首を左右に振った。

この子は見知らぬ人がたくさんいるところでは壁を作りがちだ。碧《みどり》はただ大人しくなるだけだが、朱音《あかね》は隠れようとする傾向がある。

気持ちはわかるのだが、少しずつ改善したほうがいいと思う。とはいえ、来たばかりで無理やり連れて行くのもかわいそうだ。

そうやって迷っていると――

「はる兄さん、みどり姉さん、わたしもいきなり皆さんの中に行くのは……。あかねちゃんと二人でカレーを作りながらここで見ていますので……」

蒼依《あおい》に気を使わせてしまった。

こういう遠慮モードになってしまうと、蒼依《あおい》も強情なところがあって譲らない。俺と碧《みどり》はそのことを知り尽くしているので、アイコンタクトをして頷《うなず》き合《あ》った。

「わかった。見たくなったらいつ来てもいいからな」

そう言い残して二人でテラスへ向かった。

「♪〜〜　♪〜〜」

お、もう三人での初合わせか。

黒羽《くろは》は俺たちが会話しているころ、一人で踊っていた。そのときの踊りはほとんど見られなかったが、すぐ三人で合わせているということは、水準以上のクオリティだったのだろう。

三人の配置はセンターが真理愛《まりあ》、左に黒羽《くろは》、右に白草《しろくさ》だ。

踊りながら順番にセンターが代わっていくが、やはりスタート時のセンターこそ看板。それが真理愛《まりあ》なのは、実力や知名度から考えて当然だろう。

『えっ、噓《うそ》、どうして⁉　またあの人と出会っちゃった⁉　これって偶然？　それとも必然？』

俺は哲彦《てつひこ》の横に並んで三人の動きを眺めた。

真理愛《まりあ》はやはりうまい。圧倒的な安定感がある。

しかし――

「志田《しだ》ちゃん、負けてねぇな……」

哲彦《てつひこ》のつぶやきに、俺は頷《うなず》き返《かえ》した。

そう、黒羽《くろは》も見劣りしないほどのうまさと華がある。

冷静に見ればダンスのキレはやや真理愛《まりあ》のほうが上か。二人は多少ダンスの個性が違い、真《ま》理愛《りあ》は女優のためか、やや演技過剰であり、ぶりっこに見える。黒羽《くろは》は高校生の女の子らしい初々《ういうい》しさがあり、クラスのダンスで一際《ひときわ》目立つ華のある女の子――という感じの素人《しろうと》っぽさがいい。どっちにも良さがあるから、これは人それぞれの好み次第と言えた。

ただ歌は――黒羽《くろは》のほうがいい。どこが、とは言いにくいが、耳に入ってくるのは黒羽《くろは》の歌声だ。

真理愛《まりあ》にとって歌は本職じゃない。ただそれでも、何事も器用にこなす真理愛《まりあ》より上の黒羽《くろは》の歌唱力と声質は、天性のものがなければ無理だ。

こうして比較するとよくわかる。やはり黒羽《くろは》には歌の才能がある。

まあ、本人にやる気がないし、無理に勧めてもいいことないから俺はあえて触れてこなかったが、こうして目《ま》の当《あ》たりにするともったいない気がするんだよなぁ。

そして残る白草《しろくさ》は――

「だいぶよくなってるじゃねぇか」

「だな」

哲彦《てつひこ》は控えめに言っているが、俺から見ると『見違えるほど』と言っていい。

昨日はかなり強面《こわもて》でやっていたのに、表情が柔らかくなっている。それだけでだいぶ印象が違う。さすがに歌も踊りも二人に比べて一段も二段も落ちるが、昨日のことを考えれば劇的な改善だ。表情がよくなったので三人で踊っていても最低限のまとまりがあり、PVで見せられるだけの水準になってきたと感じる。可愛《かわい》らしいポーズや動きにより磨きをかけていけば、明日の本番はかなりいい感じになるんじゃないだろうか。

曲が終わり、俺は白草《しろくさ》に声をかけた。

「シロ、すっごくよくなってたぞ？」

「ホント、スーちゃん？」

「ああ」

「だとしたら、やっぱりスーちゃんのアドバイスがよかったのだと思うわ」

「そっか、ならよかった」

「…………」

俺たちが話す姿を、黒羽《くろは》がじっ……と見つめていた。

「……何もなくてよかったって最初思ったけど、これは……やっぱりあれしかないか……」

俺は黒羽《くろは》の声が聞こえた気がして振り返った。しかし黒羽《くろは》は反転して哲彦《てつひこ》に話しかけるところだった。

「哲彦《てつひこ》くん、どう？　あたし、勉強のほうに行っていいでしょ？」

「自主練習だけでこんだけできるんだから、もう少し合わせるの練習したらもっとよくなるんじゃね？」

「勉強のほう、行っていいよね……？」

うわっ、クロのやつ、ドスを利《き》かせてやがる……。

「はぁ……わかったよ」

「じゃ、そうさせてもらうから」

これで教師役が黒羽《くろは》に決まってしまったか……今日は大変なことになりそうだ……。

「でも昼ご飯の後、一時間くらいなら海で遊ぶ時間、いいだろ？　ステージを組む前に広々としたところで遊んだり写真撮ったりしたくね？」

「……まあ、それくらいなら」

昨日は予定に関して、みんな哲彦《てつひこ》の言う通りに動いていた。哲彦《てつひこ》は誰にも相談せず、都度みんなに指示していた。

しかし黒羽《くろは》がいると必ず一回確認入れるんだな。まあこのメンバーで哲彦《てつひこ》の仕切りに真っ向から反抗して、ひっくり返せるだけの力を持っているのは黒羽《くろは》と真理愛《まりあ》くらいだ。

ただ真理愛《まりあ》は進んで仕切らないタイプ。そのため哲彦《てつひこ》は黒羽《くろは》にだけ確認を取るのだろう。

こうしてみると、群青同盟《ぐんじょう》のトップが哲彦《てつひこ》で、ナンバー2が黒羽《くろは》なのは、当然なのかもしれない。みんなを仕切って動かすのはどうしてもこの二人になりがちだから。

汗を拭う黒羽《くろは》に碧《みどり》が話しかけた。

「クロ姉ぇクロ姉ぇ、あそこにいるのって……あの芥見《あくたみ》賞《しょう》作家の可知《かち》白草《しろくさ》……さん、だよな？」

「何言ってるの、碧《みどり》。この前一度、顔見てるじゃない」

あ～、そうだな。

白草《しろくさ》が俺の家に高級車で迎えに来てくれたとき、志田《しだ》四姉妹と遭遇している。

「いやだってさ、あれは朝の時間がないときだったし、クロ姉ぇが猛獣みたいになってたから落ち着いて見られる状況じゃなかったし」

「はぁ？　猛獣⁉」

まったく……碧《みどり》は本当に本当に迂闊《うかつ》なやつだな。

とはいえ、碧《みどり》自身はまったく黒羽《くろは》のにらみを気にしていなかった。

「ってか、マジか！　うへ～っ！　生だと美人度マシマシじゃん！　やばいって！　美人過ぎるって！」

そうだよな、これが普通の反応だよな。ちょっとミーハーなところ入っているけど、これが初めて見た『可知白草《かちしろくさ》』への印象だと思う。

すると碧《みどり》はちらっと黒羽《くろは》と見比べてつぶやいた。

「……クロ姉ぇ勝てねぇじゃん」

「どこがよ……」

「顔、背、胸」

「み～～ど～～り～～っっっっっっ！」

すげー、地雷とわかっているのに平気で踏み抜けるのは姉妹の絆《きずな》のおかげか。

姉妹らしいやり取りが学校のメンツにとっては新鮮だったようだ。

哲彦《てつひこ》は何やら頷《うなず》いているし、玲菜《れな》は目を丸くしている。真理愛《まりあ》は自分のことに照らし合わせたのか絵里《えり》さんをチラ見し、絵里《えり》さんはニコニコとしながらすでに酒を手にしている。

そして白草《しろくさ》は――

「あなた、確か碧《みどり》ちゃんと言ったかしら？」

碧《みどり》とコンタクトを取ろうとしていた。

「あ、は、はい！」

「凄《すご》くいい子ね。お姉さんと大違いだわ」

「いや～、あはは～」

碧《みどり》、お前はホントに有名人とかに弱いな。まあ真理愛《まりあ》のとき最終的に喧嘩《けんか》になったから最初だけかもしれないが。おそらくチョロいから早めに味方につけようって思われているぞ。

「碧《みどり》……ちょっとこっち来なさい……」

当然黒羽《くろは》は激怒モードのままだ。

「やだよっ！　クロ姉ぇこえーじゃん！」

「そうよね？　志田《しだ》さん怖いものね？　こんなに素直でいい子なのに、可哀《かわい》そうだわ。よかったら私とお話ししましょう？」

「えっ、いいの!?」

「もちろんよ」

「やばいって、クロ姉ぇ！　性格でも完敗してるって！　もう勝ってるとこ、腹黒さくらいしかないじゃん！」

「碧《みどり》……いい度胸ね……」

碧《みどり》よ……お前ってやつはある意味すげぇな。地雷を一つ一つ掘り出してきて、一気に爆発させたくらいの問題発言だったぞ、今の。

「どうどう……落ち着け、クロ」

俺は三人の間に割って入った。

周囲に人がいるおかげで黒羽《くろは》はギリギリブチキレずに済んでいる。普段ならすでに碧《みどり》に関節技の一つや二つをかましているところだ。

そのギリギリで踏《ふ》み止《とど》まっている間に何とか軟着陸させるよう努力するべきだろう。

「ミドリのやつ、旅行でテンション上がってるんだよ。ああやってはしゃいでるんだって。許してやれってわけじゃないが、ちょっと落ち着いてだな……」

黒羽《くろは》がギロリと俺を見上げる。

うっ……これはさっきの口論を忘れていない……俺に対して怒っているままだ……。

いつもならなぁなぁでやり取りをしている間に静まっていくのだが、やはり今回はちょっと違う。

「あたし、ハルにも言いたいことあるんだよね……」

「い、いや〜、俺は特に聞きたいことないんだが……」

「ハル、ちょっとこっち来て。みんな、ごめん。すぐに戻るから」

「ちょ、ちょ、いたたっ！　ちょ、待ってくれぇ〜」

黒羽《くろは》は背伸びして俺の耳を摑《つか》むと、そのまま引っ張った。

「ぐぎぎぎ……」

そんなことをやられたらかがんでついていくしかない。黒羽《くろは》の背が低い分、かなりきつい。

俺はハンドサインで助けを求めたが、誰もが目を逸《そ》らしていく。

「……おい、見捨てんなよ！　特にミドリ！　お前が油を注いだんだから責任取れよ！」

「スエハル……成仏《じょうぶつ》しろよ」

「って、おいィ！　ミドリ、てめっ！　ふざけんなっ！　お祈りすんじゃねーよ！」

そうこうしている間にも俺たちはみんなから離れていく。テラスから階段を下り、砂浜に出て、別荘の陰に移動した。

さすがに中腰で歩いて疲労困憊《ひろうこんぱい》となっていた俺は、思わず砂地に尻もちをついてしまった。

そんな俺に対し、黒羽《くろは》は怒り度MAX、ドSな雰囲気を漂わせ、にらみつけた。

「ハルさ、あたしたちが来て早々あんな風に突っかかってくるし……あれでしょ？　あたしにムカついてるんでしょ……？」

一瞬罪悪感が湧いたが、すぐに俺の心は黒く染まってしまった。

「あ、ああ、そうだけど！　だってクロ、俺に嘘《うそ》をついたのに謝りもしないし！　俺が怒ってて何が悪いわけ？」

やっぱり俺はそこが引っかかってしまっている。

「ふーん……」

そうつぶやくと、黒羽《くろは》は俺の肩を押した。

俺はあぐらをかいていたので、あっさり倒れ、砂地に背中がついてしまう。

そんな俺の腹の上に黒羽はのしかかってきた。

あれだ。いわゆる〝マウントを取った状態〟だ。

これは、かなり不利な体勢だ。攻撃されてもマウントを取られた側はまともに反撃ができない。

……でも、そういうことじゃなくて。

それよりもお腹《なか》に伝わる感触がマズいんですけどぉぉぉぉ！

「く、クロ……っ！」

俺は脱出しようとしたが、今度は両腕を肘の辺りで押さえつけられ、完全に身動きを封じられてしまった。

俺を見下ろす黒羽《くろは》の顔には――悪のスイッチが入った表情が浮かんでいた。

「ハルはさ……あたしのこと……信用できないんでしょ？　ならあたしはこれから――好きって言う数を十倍にしてやる」

「⁉」

「何、文句あるの？　いいもーん。勝手に好き好きって言うだけだからー。ハルはあたしを信じないんだから、冗談だとでも思って聞けば？」

こ、こいつ……とんでもないことを思いつきやがった……っ！

く、クロのやつ、完全に闇落《やみお》ちしてやがる……っ！

今までの『アルティメット黒羽《くろは》』や『ピュア黒羽《くろは》』とも違う。

アルティメット黒羽《くろは》より悪意があって、ドSで、絡《から》みついてくる色気がある。

言うなれば、そう――『オルタ黒羽《くろは》』だ。

もうここまで来たら〝小悪魔〟なんてレベルじゃない。大きな黒い羽をはやした〝大悪魔〟だ。

まさか怒らせることで未《いま》だ俺でさえ知らない一面が出てくるとは……くっ、なんてポテンシャルなんだ……っ！

「とりあえずは宣戦布告」

黒羽《くろは》は俺のおでこをつんっと人差し指で押すと、身体《からだ》を離し、何事もなかったかのように反転した。

「覚悟――しておきなさいよ」

ちらりと振り返り、ぺろっと唇を舐《な》めてみせる黒羽《くろは》。

完全にスイッチ入ってる……。

俺は身震いしつつ、その後ろ姿を見送ることしかできなかった。

＊

二泊三日と言っても、そろそろ折り返し地点をすぎた辺り。とはいえ明日はＰＶ本番と帰るだけ。時間が残り少なくなってきたが、やりたいこともやらなければならないことも山積みだった。

「ほら、ミドリ。こっちはやっておいてやるから混ざってこいよ」

今は昼食後に作った、一時間だけの海で遊ぶ時間だ。砂浜で簡単なビーチバレーをやることになったのだが、一緒に付いてきた碧《みどり》が及び腰だった。

なお、俺がパラソルとビーチシートを準備する係であり、残りのメンバーはボールを膨らませたり、簡易ネットを設置する係だったりする。

「いやー、わかってるけどさ、改めて見るとメンツが凄《すご》くてさ」

碧《みどり》の視線の先にいるのは真理愛《まりあ》と白草《しろくさ》だ。

ホント普段は横暴なくせにいざとなると尻込みするよな。

碧《みどり》はモジモジし、タンクトップビキニの皺《しわ》を伸ばしたりすることで無駄に時間稼ぎをしている。

俺はため息を一つつき、声を張り上げた。

「シロ！」

ボールを膨らませていた白草《しろくさ》が気がついて駆け寄ってくる。

「どうしたの、スーちゃん」

「こいつ、使ってくれないか？」

「えぇぇぇぇ⁉」

「何だよ、ミドリ。手伝わないのか？」

「い、いや、そうじゃないけどさぁ～」

白草《しろくさ》は意図を理解してくれたのだろう。

ニコリと優しく微笑《ほほえ》んで手を差し伸べた。

「いいわ。じゃあ碧《みどり》ちゃん、こっちへ」

「えっ⁉　あっ、は、はい――」

碧《みどり》は白草《しろくさ》に手を引かれて歩いていく。

こいつ白草《しろくさ》の前だと完全に借りてきた猫だよな、ホント。

ま、碧《みどり》は以前真理愛《まりあ》と喧嘩《けんか》になってたが、さっき白草《しろくさ》とはいい感じだったし、この人選が一番だろう。

それに白草《しろくさ》も以前より――いや、昨日と比べても柔らかくなっている。いい関係が築けるかもしれない。

「はる兄さん、お待たせしました」

「ハルにぃ、手伝う」

今度は双子が遅れて登場だ。

蒼依《あおい》は可愛《かわい》らしいマリンブルーのパレオ。

朱音《あかね》は……マニアックだな。スクール水着だ。

いや、中一だからスクール水着は別におかしくないのか？　あまりファッションに興味を示さない朱音《あかね》らしいと言えばらしいが……まあいいか。

「お前らもあっちを手伝ってこい。せっかくの機会なんだ。知り合い増やしてこいよ」

俺とはいつでも話せる。でもこんなにいろんな人と交遊できる機会はそうそうないだろう。

それに今、哲彦《てつひこ》は資材の搬入手続きでここにいない。男子高校生の先輩に話しかけるのはきついだろうが、女子たちだけなら幾分ハードルは下がるだろう。

「……ワタシは別にいい。ここでハルにぃを手伝う」

「アカネ……」

う、うーん……。

こういう風に言ってくれるってことは、懐《なつ》いてくれている証拠だし、個人的には嬉《うれ》しい。

嬉《うれ》しいのだが……お兄さんとしてはちょっと心配になってしまう。

「あはは……」

蒼依《あおい》の苦笑いは、朱音《あかね》に理解を示しつつも扱いにちょっと困っている、という反応だ。

蒼依《あおい》自身も引っ込み思案だから、背中を押さなければ自分から初対面の先輩たちに話しかけはしないだろう。

でも、蒼依《あおい》は拒否まではしない。引っ込み思案であっても、周囲が見えているし、輪に入るのが苦手なだけでできないわけではないから。

朱音《あかね》は違う。輪に入ることを拒否してしまっている。

俺はしばし思案し――決めた。

「モモ！　レナ！」

ネット設置係を引き受けている後輩コンビを呼びつけると、朱音《あかね》は何も言わず俺の背後に隠れた。

「なんスか、パイセン」

「人手いるだろ？　こいつら使ってくれよ」

俺は蒼依《あおい》と朱音《あかね》を流し見た。

勘のいい二人だ。すぐに察し、笑顔を浮かべた。

「ありがたいっス。えーっと、蒼依《あおい》ちゃんと朱音《あかね》ちゃんっスね？　こっちっスよ」

「ふふふ、あなたたちとお話しするの、楽しみにしていましたよ？　二人には（モモに心酔させて）帰るまでにはモモ姉さん、と呼ばせてみせます」

……何だか真理愛《まりあ》がよくないことを考えている気がするが……まあ玲菜《れな》がいるなら変なことにはならないか。

「あっ、は、はい……よろしくお願いします」

歓迎ムードに蒼依《あおい》は笑みを浮かべ、歩み寄る。

しかし――

「……いい。ワタシはハルにぃとここにいる」

朱音《あかね》は俺の背中にぴとっと貼りつき、より強く拒否した。

俺は心を鬼にして引きはがすしかないと決意しかけたが――

（……震えている）

背中から伝わってくる、怯《おび》え。朱音《あかね》は俺の想像以上に恐怖しているようだ。

そのことを知ったことで鬼になろうと思った決意は、一瞬で霧散してしまった。

「……悪い。アカネは俺のほうを手伝ってもらうことにするわ」

あいかわらず真理愛《まりあ》と玲菜《れな》は察しがいい。

「了解っス」

「いつでも来てくれていいですからね」

そう言って蒼依《あおい》を連れてネット設置に向かった。

俺が手を振って見送っていると、ぽつりと朱音《あかね》がつぶやいた。

「ハルにぃって、あんなに友達いたんだね」

「ちょ、おいおいおい！　アカネ、俺のことどういう風に見ていたんだよ！」

黒羽《くろは》以外友達がいないとか思われていたわけ⁉　別に顔が広いわけじゃないけど、そう思われていた事実にちょっと傷つくよ⁉

俺のツッコミで朱音《あかね》は不用意な発言をしてしまったと気づいたらしい。

「あっ……ハルにぃ、そういうつもりじゃなくて……」

やっぱり危うい。この子は白草《しろくさ》と同じ不器用なタイプだが、無理して強がるタイプの白草《しろくさ》と違って、無意識天然系の不器用さだ。しかもいっそミスに気づかなければマイペースな性格と言えたかもしれないが、後から気づいて後悔が見えるからまた切ない。

「大丈夫だ、アカネ。俺は気にしてないから」

俺が頭を撫《な》でてやると、目を伏せ『うん』とだけつぶやいた。

「それで、アカネは何が言いたかったんだ？」

「……知らない人と楽しく話しているハルにぃを見ていたら、別の人みたいに思えて。……何だか、ハルにぃが遠くに行っちゃったみたいに感じられて」

あ、あ～……なるほど。少しわかるかも。

あれだ、仕事をしている両親を見たときの驚きとかと似たものだろう。普段と違う雰囲気や顔つきに、ちょっとびっくりしてしまうってやつだ。

「凄《すご》く寂しい気持ちになって……だから……」

朱音《あかね》はきゅう～と強く、俺の腕を抱きしめた。

この子、俺なんかよりずっと頭がいいのになぁ……。

このアンバランスさが俺の保護欲を刺激してくる。生きるのに苦労をしそうなだけに、何とかしてやりたい気持ちが高まるのだ。

「あっ――」

ふと朱音《あかね》が離れた。

何かあったのだろうかと思った矢先――背中から声がかかった。

「あれ、ここにいるの、ハルと朱音《あかね》だけ？」

最後に登場したのは黒羽《くろは》だった。

なんだかんだ言って俺は毎年黒羽《くろは》の水着を見ている。まあ今年だけはまだ見ていなかったけれども。その点、白草《しろくさ》や真理愛《まりあ》とはまったく状況が違う。

だから俺は動揺しない――はずだった。

「っ――」

黒羽《くろは》のほうを振り向いた俺は、頭を殴られたような衝撃を受けた。

そういえば――恋愛対象として見るようになってから初めて見る水着姿だった。

フリルが印象的なホルターネック。下半身がスカートタイプとあって、露出が多いわけでもない。別に昨年までと大きく違いがないとは思うのだが……それでも意識の違いだろうか。ガツンとくる。

「はぁ……」

息が荒くなる。やっぱり黒羽《くろは》は芸能人クラスの白草《しろくさ》や真理愛《まりあ》と比べても十分に可愛《かわい》いのだ。

あんまり見ていたらマウントを取られると知りつつも、ついつい何度もチラ見してしまう。

そしてそれは当然黒羽《くろは》に察知された。

「……なかなかいいでしょ、ハル」

「ばっ――バカ言うな！　べ、別に！」

俺は抵抗した――が、黒羽《くろは》は俺の心など完全にお見通しだったようだ。

見透かしてるけど？　と言わんばかりの上から目線で笑みを浮かべ、俺の耳元に口を近づけた。

「か～わいい。強がらなくてもいいのに……。そういうところ〝好き〟かな」

「っ――」

俺が真っ赤になって距離を取ると、黒羽《くろは》はクスクス笑った。

「どうしたの？　ハル。顔、赤いけど？」

すぐ横にいる朱音《あかね》は聞こえていないため、はてな顔だ。

くっ、こいつ、俺を弄んでやがる……っ！

しかし黒羽《くろは》の攻撃は、それからも続いた。

「もう何やってるの、ハル。早く立って……〝好き〟」

「髪が水に濡《ぬ》れると、ハルってちょっと色気出るよね……〝好き〟」

「はぁ、疲れたよね……〝好き〟」

「眠くても勉強やらなきゃいけないんだからね……〝好き〟」

「あぁあぁぁぁぁぁぁぁぁあぁあぁぁ！　何でだよ！　クロのやつ、何で語尾みたいなノリで〝好き〟って言ってんだよぉぉぉぉぉ！」

俺は耐えられなくなって砂浜から逃げ出し、誰もいない海辺でガンガンとコンクリートの壁に頭をぶつけた。

(怖い。こんな発想ができるクロが怖い……)

もう精神攻撃だって。脳みそおかしくなるって。

だってさ〝好き〟って言うたび、耳元に口を近づけてくるんだよ？　息がかかってぞくぞくするし、人前で周りに聞こえないギリギリの大きさの声で、怪しまれないギリギリの近さで囁《ささや》いてくるんだって！

完全に闇堕《やみお》ちしている……。弄ばれている……。

何というか、好きとか嫌いとか怒っているとか怒っていないとか通り越して、俺自身が快楽《かいらく》堕《お》ちしそうで怖い。

お、俺は黒羽《くろは》と喧嘩《けんか》をしているんだ！

そ、そう！　黒羽《くろは》は嘘《うそ》をついていた！　その謝罪があるまで！　なぜ嘘《うそ》をついていたか、その理由を聞くまで、許してはならないのだ……！


『――〝好き〟』


「くぅぅぅぅぅ！」

俺は赤面してしゃがみこんだ。

でもさ、いくら喧嘩《けんか》していようと、納得がいかなくても、嘘《うそ》かもしれなくても、弄ばれているかもしれなくても、好きな子から好きって言われて嬉《うれ》しくないはずがないじゃないか。照れないはずがないじゃないか。

ダメだ。正気に戻れ。感情に流されるな。

そうだ、アオイちゃんも言っていたじゃないか。旅行マジックに気をつけろ、って。

そうか、クロもまた、旅行で浮かれているのかもしれない。

ここは慎重な対応と冷静な判断が必要だ……。

俺が頭を冷やして砂浜に戻ると、海で遊ぶ一時間が終了し、各自持ち場に移動するところだった。

資材を運ぶ業者に指示をしている哲彦《てつひこ》が俺に気がついた。

「おい、どこ行ってたんだよ！　志田《しだ》ちゃんが勉強会するからすぐに来いって言ってたぜ！」

「ああ、わかった！」

哲彦《てつひこ》の近くで玲菜《れな》、蒼依《あおい》、朱音《あかね》がスタンバイしている。

この三人は資材組み立ての待機組なのだろう。ただちょっと心配だ……朱音《あかね》が。

俺が気にしているのがわかったのだろう。蒼依《あおい》が俺に手を振ってきた。

……これは任せてくれって合図だ。そっか、フォローしてくれるか。

蒼依《あおい》はいつもこういう役目だ。さりげなく助けてくれる。たぶん今まで学校でも、蒼依《あおい》はずっと朱音《あかね》を助けてきたのだろう。

と言っても、蒼依《あおい》には恩を売る気配がまったくない。喜んで役目を買って出ている。

そもそも蒼依《あおい》と朱音《あかね》は一方的にお世話する、されるというコンビではない。例えば勉強では蒼依《あおい》は朱音《あかね》にいろいろと教わっているらしい。こう見えてこの双子は不足部分を互いに補い合ういいコンビなのだ。

俺は蒼依《あおい》に手を振り返し、後を託した。

テラスで自主練習をしている白草《しろくさ》を尻目に、俺はリビングに戻った。

「遅い！」

待っていたのは、両手を腰に当て、仁王立ちする黒羽《くろは》だった。

「ハ～ル～？　気合い……足りてないんじゃない……？」

これ、さっきのSっ気と色気を併せ持った『オルタ黒羽《くろは》』と違う……。

懐《なつ》かしい感じがするのは、高校受験の際、たっぷりと絞られた思い出があるためだ。

俺はかつて心の中でこう呼んでいた。『サージェント黒羽《軍曹》《くろは》』と。

目をテーブルに向けると、碧《みどり》と真理愛《まりあ》が一心不乱に参考書とにらめっこしていた。俺がやってきたにも拘《かか》わらず、だ。

何があったんだよ、これ……。真理愛《まりあ》がこれだけ一心不乱になるとか、何やったわけ……？

怖すぎるんだけど……？

「ハ～ル～？」

俺は背筋を伸ばし、敬礼をした。

黒羽《くろは》が親指を立て、背後にくいっと向ける。

「反省、してきて？」

親指の先にあるのはテラスであり、さらにその先には——

「了解しました！」

俺は裸足《はだし》のままテラスへ飛び出ると、自主練習している白草《しろくさ》の横を駆け抜けた。そしてそのまま手すりを乗り越え、海へダイブ——

「うおおおぉぉぉぉ！」

絶叫と共に海中に落ちると、高速で浮き上がった。

「お前、何やってんだ？」

砂浜で資材を組み立てている哲彦《てつひこ》が尋ねてきた。背後にいる蒼依《あおい》と朱音《あかね》も目を丸くしている。

「クロが教官役になるとな、逆らえねぇんだよ……っ！」

「あは、ははは……」

「まあクロねぇだから」

苦笑いの蒼依《あおい》と淡々と感想を述べる朱音《あかね》を置いて俺はテラスに駆け上がり、リビングへと舞い戻った。そして息が切れるがまま声を張り上げた。

「反省してきました！」

「……よしっ」

黒羽《くろは》は光無き目で俺にバスタオルを投げ渡すと、すぐさま右手に持ったストップウォッチを見せつけてきた。

「ハル用のテスト、そこに置いてあるから。制限時間は三十分。これから五教科分やるから」

つまり二時間半はがっつり集中してやらなければならない――

「そうね……。舞台の設置、あたしたちがノータッチってのはさすがに可哀《かわい》そうだから、三教科終わった時点で休みついでに一時間手伝いに行くことにするから」

「そ、それ全然休んでない気が……」

ギロリと黒羽《くろは》がにらみつけてくるので、俺は震え上がって押し黙った。

「――文句、ある？」

「ありません！　サー！」

「サーとか、いらない単語つけないで」

「す……すいませんでしたぁ！」

もうそこからは地獄だった。

襲い掛かる難問。常に光り続ける黒羽《くろは》の目。

もはや旅行に来たという事実を忘れてしまうほど精神は削れていく。

ただ……黒羽《くろは》は無意味に発破をかけているわけではない。

黒羽《くろは》の用意した問題は、俺が間違ったことがある問題ばかりだった。そのため次の問題にいくたび『あー、これこれ！　何だったっけ～』という気持ちにさせられる。

で、段々と気がついていく。これ、作るのって、滅茶苦茶《めちゃくちゃ》大変だったんじゃないか、って。

単純に問題集から選び、コピーし、切り抜く労力だけでもかなりのものだ。

加えて黒羽《くろは》には歌とダンスの練習があったはずだ。その合間を縫い、この問題を作り上げたと考えると……胸が痛い。

（クロ……）

喧嘩《けんか》していたのに。俺にムカついていたはずなのに……。

黒羽《くろは》は態度でこう言っているようだ。

『遊んでもいい。でも学生の本分をおろそかにするのは本末転倒』

全力で取り組むなら、遊びだけじゃなく、勉強も取り組め――

そしてそれを口だけでなく、実際にやっているのが黒羽《くろは》なのだ。

（そうだ、クロはいつもこうだ……）

だらしない俺にこれが正しい姿なんだと見本を見せてくれる。そんな姿を見せられたら、いくら怠け者の俺でも感心してしまい、ぐうの音も出なくなり――覚悟が決まるのだ。

玲菜《れな》にバカにされてもどうにもならなかった、勉強への拒否感。しかし今、それは吹き飛び、気合いがはち切れんばかりにみなぎっている。

俺は景気づけに思いきり両頬を叩《たた》いた。

「ハル……？」

真理愛《まりあ》を教えていた黒羽《くろは》が驚いて顔を上げる。

「すまん、何でもない。気合い入れ直しただけだ」

「……やっと、火がついた？」

「ああ」

「ハル、火がつくの遅すぎ」

「わりぃ」

「……ん」

返答と言うにはあまりにも小さなつぶやき。

でもそれだけで互いに理解できていることを感じるのに十分だった。

＊

テストが三教科分終わってステージ作りを手伝いに行くと、思ったより土台ができていた。

見ればなるほど、構造は簡単だ。

土台は金属パイプを組んだもので、高さは膝下程度。それを規則的に並べるだけだ。面倒くさいのは砂地なので多少高さを合わせることが必要なことだろう。あとは上に板を敷き、固定すれば終わり。

作業的に難しいことはほとんどないが、パワーと人員がいる。なので勉強組が参加すると、一気に作業は進んだ。

特に活躍したのが、碧《みどり》だった。

「あーっ、スエハル、違うって。板はここに引っかけるように置くんだって」

パワーがあるし、妙に几帳面《きちょうめん》だし、思ったよりも器用。こいつ、裁縫とかやるとイライラするって言っていたが、大工仕事みたいな作業だとむしろ特性が活《い》きるんだな。

そんなことを思いつつ作業をしていると、朱音《あかね》にパーカーを引っ張られた。

「ハルにぃ、スピーカーどこに置くの？」

「……？　そんなことが気になるのか？」

「うん」

朱音《あかね》は無表情なまま頷《うなず》く。ただ普段よりちょっと力強い、かな？

「そういや朱音《あかね》は音楽にこだわりがあるほうだったな……。軽音楽部、楽しくやってるか？」

「部のメンバーと合わなくて夏休みくらいから行ってない」

「あー……」

こういう話題は今までならすぐ耳に入っていた。

しかし情報源の黒羽《くろは》と夏休み辺りから微妙な関係だったもんな。しょうがないとはいえ、ちょっと寂しく感じた。

「何が合わなかったんだ？」

「だって——ワタシ、楽器がうまくなりたいだけなのに、みんな練習しない。練習せず、下手くそなのに、勝手なことだけ言う。だからもういい」

「ああ……」

あ～、ありがちだなぁ～。俺が中学生のときも、本気で音楽やってるやつってすでに仲間内で集まってて、軽音部に入ってなかったよなぁ。

「そっか、そりゃ大変だったなぁ」

「別に大変じゃない。部活に行ってない分、家で練習できるからいい」

うーん、音楽を趣味にすることも、その練習にのめり込むことも悪いことじゃない。それは
そうなんだけど、やっぱり朱音《あかね》は孤独の方向に引き寄せられてしまうな……。

なら――

「おーい、哲彦《てつひこ》！」

「ん、何だ？」

「アカネがスピーカーの位置で意見あるって」

「へー」

「⁉」

哲彦《てつひこ》が近寄ってきたのを見て、朱音《あかね》はすぐさま俺の背後に隠れた。

でも俺は許さず、朱音《あかね》を持ち上げて無理やり前に立たせた。

「ハルにぃ……っ！」

「言いたいこと言えよ。俺が後押ししてやるから」

「………」

哲彦《てつひこ》もこの子には迂闊《うかつ》に声をかけないほうがいいと察したのだろう。朱音《あかね》が口を開くまで待

った。

「スピーカーはあの板とあの板に……それと、別に大勢の人に聞かせるためのものじゃないから、スピーカーの角度を抑えたほうが踊る人にとって臨場感が出るし、カメラにもいい感じで音が入ると思う」

哲彦《てつひこ》は目を丸くし、あごを撫《な》でた。

「……わかった。とりあえず置いてみるから、指摘があればまた言ってくれ」

「うん。それと――」

「アカネ、まだ何かあるのか？」

「実は……こんなの作ってみた……」

朱音《あかね》が出してきたのはイヤホンだ。イヤホンは携帯に繋《つな》がっている。

片方を自分に、もう一方を哲彦《てつひこ》に渡して耳にはめると、朱音《あかね》は再生ボタンを押した。

「♪～～　♪～～」

あ、これ、〝パラダイスSOS〟だ。

「何だろ、雰囲気違うよな、これ。うーん、ドラムかな？　何となくノリがよくなった感じがする」

「半分正解。ベースも変えてる」

「君……打ち込みができるのか……」

これにはさすがの哲彦《てつひこ》も驚いたようだ。

「……趣味」

「末晴《すえはる》、お前の判断は？」

「俺はアカネが聞かせてくれたやつのほうがいいと思う」

「オレもだ。差し替えだな」

哲彦《てつひこ》はイヤホンを耳から外し、丁寧に返した。

「朱音《あかね》ちゃん、曲、後でオレにくれ」

「……いいの？」

朱音《あかね》の視線は俺に向いている。

当然俺は頷《うなず》いてやった。

「当たり前だ。凄《すご》いじゃないか。ここまでできるなんて俺も知らなかったぞ」

「……うん。ありがと、ハルにぃ」

「俺は別に何もしてねぇよ」

「だとしても、ありがと」

朱音《あかね》が笑顔を見せる。ここに来て、初めての笑顔だ。

この子はどうしても孤独に、そして自分というものをため込んでしまう傾向にある。

でも凄《すご》い能力を秘めているのだから、こうやって少しずつ周囲に認められていくといいなと心から思った。

＊

「……思ったよりもちゃんと勉強してたのね、ハル」

五教科の採点を終えた黒羽《くろは》がそう告げたことで、地獄の勉強会は終わりを告げた。

ちょうどステージ作りも区切りがついたところだったため、リハーサルを行うことになった。黒羽《くろは》と真理愛《まりあ》はさすがの一言。しかし白草《しろくさ》も確実にうまくなっていた。一時間ほどの練習で連携も納得いくレベルになり、明日への期待を残しつつ終えた。

その後全員で夕飯の準備をすることになった。

と言っても最後の夜はテラスでのバーベキュー。

男子は倉庫からドラム缶コンロを出してきて、固形燃料と炭をセットして火を入れ始める。椅子やテーブルの準備も男子の仕事だ。

女子は黒羽《くろは》と碧《みどり》が野菜班としてひたすら野菜を切る役目となった。なお、黒羽《くろは》は舌が宇宙だが、野菜を切る技能は普通並なのでそこは信頼できた。

蒼依《あおい》と朱音《あかね》が食材を皿に盛りつけ運ぶ役目で、白草《しろくさ》が在庫確認役として肉や調味料など、様々なものを出してくる。玲菜《れな》と真理愛《まりあ》はドリンクを運んできてクーラーボックスに補充していった。なお、絵里《えり》さんは監督役なのだが、こっそり酒を持ち出そうとして真理愛《まりあ》に怒られていた。

「「「いただきます！」」」

いつの間にか空は星で満たされていた。

何だか怒濤《どとう》の二日間だった。滅茶苦茶《めちゃくちゃ》騒いだし、滅茶苦茶《めちゃくちゃ》遊んだし、一応勉強も頑張った。帰ったらこの沖縄《おきなわ》ですごした日々がまぶしすぎて、心が日常に戻ってこられないかもしれないほどだ。

俺が手すりにもたれかかって感傷的な気持ちでいると、横に碧《みどり》がやってきた。

「スエハル、食ってるか？」

「食ってるって。お前こそ楽しんでるか？　モモとは仲直りしたか？」

「あいつとは無理」

「何があったんだよ⁉　っていうか、回答早すぎだろ！　少しくらい悩めよ！」

「いや、だから無理だし」

「何かあったのか？」

「…………」

「黙るなよ⁉　怖いだろ⁉」

「…………」

「わ、わかった、もう聞かねぇよ！」

碧《みどり》の場合、やかましいのがデフォルトだから黙られると調子狂うんだよな。

俺は話題を変えた。

「そういやミドリ、お前、どうしてあんなに頑張って勉強してるんだ？　テニス推薦で高校に行くんだろ？」

碧《みどり》は予想を遥《はる》かに超える真剣さで勉強していた。だがスポーツ推薦なら、勉強時間を筋トレにでも使ったほうが理に適《かな》っている。それだけに頑張る理由がまったくわからなかった。

「あ〜、そのことなんだけどさ……」

神妙な顔をして、碧《みどり》は頰を搔《か》いた。

「アタシ、推薦で高校に行くのやめた」

「えっ!?　どうしたんだよ!?」

確か碧《みどり》はテニスの強豪校を目指していて、推薦入学の条件が全国大会出場だったはずだ。それを夏に無事達成し、推薦が決まったと聞いていた。

「……なんつーか、念願だった全国に行ったことで自分の実力を知っちまったっていうか」

「どういうことだ？」

「全国大会の一回戦の相手、一年生で。なのに体格も技術もまったくかなわなくて……ぶっちゃけ過去最低のボロ負け。でもそんな子しかたぶん、プロになれない。世界で勝てない。アタシは同級生に比べて少し早く成長して、身体《からだ》に恵まれていただけ。それがよくわかっちまったんだ」

「……そうか」

全力を尽くしたのか？　と言うことはできる。その言葉も間違いじゃないと思う。

ただ少し聞いただけでも、スポーツでプロになることがどれだけ難しいかわかる。

特にテニスは世界を股にかける競技。全国でトップクラスになれるような選手ですら、プロで活躍できるかと言えば……難しい。

「でもさ、別にやけっぱちとか、そういうわけじゃないんだ。アタシ、スポーツ科学を勉強してみたいんだ」

「それって、スポーツを科学的に分析して、どうやれば効率的にうまくなれるか、とか研究するやつだっけ？」

「ま、そんな感じ。それで、そういうことを勉強できる大学に行きたいなって。これからテニスは趣味にして、勉強を頑張って進学校に行こうと決めたんだ」

「そうか、偉いな……」

中学生なのによく考えている。

俺はまだ将来の目標を見つけられていないのに、碧《みどり》はもう決めているのだ。

「で、さ」

碧《みどり》は胸の前で指をこねくり回した。

「アタシがお前やクロ姉ぇたちと同じ学校に行きたいって言ったら……笑うか？」

穂積野《ほづみの》高校は結構な進学校だ。確か碧《みどり》は平均程度の学力だったから、今から目指すにはかなり頑張らなければならない。

でも――

「いいじゃねぇか！　来いよ！　待ってるぜ！」

「そ、そうだよな！　あはは、笑われるかと思ったぜ！」

「笑わねぇよ！　立派な目標あるんだし、やれるって！」

「だ、だよな！」

「私も応援するわ」

たまたま話が聞こえたのだろう。

オレンジジュースが入った紙コップを持って、白草《しろくさ》が近づいてきた。

「文系科目なら私、自信あるわ。コツを教えてあげる」

「えっ⁉　い、いいんですか⁉」

「もちろんよ。頑張ろうとしている子って、私、好きなの。応援したくなるから」

「うわぁ、プロの小説家に教えてもらえるなんて、贅沢《ぜいたく》すぎるって！」

碧《みどり》のリアクションに白草《しろくさ》は微笑《ほほえ》みで返した。

「じゃあ連絡先、教えてくれるかしら？」

白草《しろくさ》が紙コップを木の手すりに置き、ポケットの携帯に手を伸ばした。

と、そのとき――

「っ――」

白草《しろくさ》が顔をしかめて携帯を落とした。

反応を見る限り、痛みがあるのは右足首だ。

「シロ、大丈夫か……？」

「あ、うん、大丈夫よ。ちょっと違和感があるけれど、ダンスができないほどじゃないわ」

……考えてみれば白草《しろくさ》は昨日、今日とずっと練習しっぱなしだ。普段から鍛えているわけでもないのにあれだけ練習したら、痛みが出るに決まっている。

「――白草《しろくさ》さん、ちょっと見せてもらっていいですか？」

「え、ええ……」

白草《しろくさ》をその場に座らせ、碧《みどり》は足首を観察した。様々な角度から眺め、時には触り、白草《しろくさ》の反応を確かめる。

「このままちょっと座っていてください」

碧《みどり》はそう告げると駆け出していき、テープを持って戻ってきた。

「テーピングします。このくらいならテーピングすれば、明日は大丈夫です。ただ少し熱を持ってるんで、冷やしたほうがいいです。湿布は持ってきていないんですけど、あります？」

「確か備え付けの薬箱にあったはずよ」

「じゃ、湿布を取りに行きましょう。貼った後でテーピングします」

そっか、碧《みどり》は全国レベルのスポーツ選手だもんな。それにスポーツ科学を勉強したいって言ってたし、テーピングくらいできるか。

何だか碧《みどり》の意外な一面を見た気がした。

旅行って面白いもんだな。意外な人の意外な一面が見えたりする。

二人が別荘内に移動するのを見送ったところで声をかけられた。

「末晴《すえはる》お兄ちゃ～ん！　こっちに来てくださ～い！　怖い先輩がいじめてくるんです～！」

「モモさん……それってあたしのこと……？」

「他に怖い先輩はいませんよ？」

「この子は本当に……。あ、ハル、肉焼けたけど、食べる？」

黒羽《くろは》から話しかけられると、ドキリとする。

喧嘩《けんか》をしていたが、正直黒羽《くろは》が作ってきたテストを見て、怒りはほとんど霧散してしまった。

俺が今警戒しているのは〝好き攻撃〟のほうだった。

あの精神攻撃は凄《すご》い。物理的に言えば鈍器で頭を殴られるくらいの衝撃がある。

ということで、俺は黒羽《くろは》から距離を取りつつ、紙皿だけを差し出した。

「……ん」

俺の中途半端《ちゅうとはんぱ》な態度を見て何を思ったのか、黒羽《くろは》は目を細めた。

「……ふーん、まだ抵抗する気だったんだ」

抵抗する気って、どういう意味だよ⁉　俺のこと、完全屈服させたいわけ⁉

「そういう態度も〝好き〟かな……」

すっと俺に近づき、そう囁《ささや》いた。

あぁぁぁ！　ほらほら、これ！　耳から入った声が脳を揺らし、目眩《めまい》を引き起こす。

この〝好き〟の言い方が適当に言うのとまったく違って、甘く絡《から》みついてきて、耳の奥底にへばりついて離れないのだ。吐息が少しかかることもあって、全身がぞわぞわする。

その上挑発的で、獲物を狙うような目をした黒羽《くろは》は、有無を言わさぬ圧力と色気を持っているからたじろがずにはいられない。

黒羽《くろは》はトングを置いて、俺に身体《からだ》を寄せてきた。

「ねぇ、ハル……。もう抵抗したって無駄――」

「――あ、すみません、滑っちゃいました」

真理愛《まりあ》の持っていたコップが黒羽《くろは》に当たり……腕が水浸しになる。

黒羽《くろは》は水着の上からパーカーを羽織っているだけなので、濡《ぬ》れたこと自体は問題ない。

問題は――

「あのね、モモさん？　どうして滑っちゃったって言ってから水をかけたの？」

……うん、真理愛《まりあ》は完全に紙コップをこぼす前に言っていた。問題があるとすればこの点だ。

「幻聴じゃないですか？」

「すげぇ、まったくひるんでねぇ」

微塵も悪びれずに幻聴と言い切るその精神がこえぇよ！

「あ、ふーん……。じゃあ紙コップの中身がジュースじゃなくて水の理由は？」

「たまたまですけど？　モモは女優なのでカロリーがある飲み物は節制していまして」

「さっきまでウーロン茶飲んでなかった？」

「飲んでしまったので水に代えたんですけどおかしいですか？」

うーわー、この二人、なまじ頭が働くから終わりが見えない……。

「ぷは～、バーベキューにはビールよね～！　サイコ～！」

本来仲裁に入る役目だろう引率者の絵里《えり》さんは完全に出来上がってるし……。

「飲み物を水に代えるって気の遣い方は評価するけどね？　ちょっとやり方が陰湿すぎない？」

「陰湿って思うほうが陰湿だと思いません？」

「はぁ⁉」

「そうですよね、白草《しろくさ》さん？」

碧《みどり》と一緒に戻ってきた白草《しろくさ》に真理愛《まりあ》が話を振る。

白草《しろくさ》の足首にはテーピングがしてある。まあとりあえずこれで様子を見るしかなさそうだ。

「……そうね、桃坂《ももさか》さんに賛同するのはしゃくだけれど、私から見ても志田《しだ》さんは陰湿に感じるわ」

「ですよねー」

「あなたたちね……」

あー、もう完全に黒羽《くろは》に火がついてしまった……。

「おい、スエハル！　全員怖すぎるんだけど!?　お前が止めろよ！」

碧《みどり》が肘で小突いてきた。

「いやいやいや、無理だって！」

「何が無理だよ！　お前しか止められないだろ!?」

「ミドリさ、俺がこの三人を止められると、本気で思うのか……？」

「…………」

碧《みどり》は全員の顔を見回し、頷《うなず》いた。

「まあ確かに無理だな。白草《しろくさ》さん以外、あれだもんな。ケダモノというか、猛獣だもんな」

「み～ど～り～？　お姉ちゃん、おかしな言葉が聞こえたんだけど～？」

「うっ――」

黒羽《くろは》の威圧に、碧《みどり》はじり、と下がった。

しかし下がった先に真理愛《まりあ》が猛獣呼ばわりされて悲しいですよ？」

「碧《みどり》ちゃん、モモ姉さんは猛獣呼ばわりされて悲しいですよ？」

「誰がモモ姉さんだよ！　この性悪！」

恐ろしさをよく知る黒羽《くろは》に平気で暴言を吐く碧《みどり》だ。真理愛《まりあ》に対しても一歩も引かなかった。

「アタシはモモ姉さんとか呼ばないからな！　これからは頭に〝自称〟ってつけろよ！」

「……ふうん。これは碧《みどり》ちゃんと（しつけのために）お話する必要がありそうですね……」

「やだよっ！　何だか怖いしっ！」

一方、黒羽《くろは》と白草《しろくさ》の間でもぶつかり合いは発生していた。

「可知《かち》さん、あたしが陰湿って……どういうこと？」

「どうって、そのままの意味でしょう？　どこに疑問の余地があるのかしら？」

「自分のことを棚に上げての発言って、説得力に欠けるって思わない？」

「それって私も陰湿って言いたいわけ？」

「違うよ？　あなた『は』陰湿だけれど、あたしは違うよ？」

「何その自己分析？　その節穴アイ、眼科で診てもらったほうがいいんじゃないかしら？」

「はぁぁ!?　どの口がそれ言う!?　そうでしょ、ハル！」

いきなり話を振られて混乱した。

「いやいやいや、俺に振るなよ！」

「スーちゃん、言ってあげて。陽キャぶった根暗なクソちびは押し入れの隅で震えてろ、って」

「その毒舌、強烈すぎィ！」

ダメだ、こんな会話に参加していたら心がもたない。

「ハル、このお嬢様に言ってあげたらどう？　その毒舌が思いつく時点で十分陰湿だ、って」

「ちょちょちょ、そんなことないって――」

「ハル……それ、どっちのこと？」

「私は大丈夫で、志田《しだ》さんが問題ありってことよね？」

「はぁぁぁ⁉」

あまりの恐ろしさに俺が震え上がっていると、砂浜に散歩へ行っていた蒼依《あおい》と朱音《あかね》の双子コンビが戻ってきた。

声が聞こえていたのだろう。蒼依《あおい》が苦笑いをしている。俺はさりげなく目で助け舟を求めたが、蒼依《あおい》は小刻みに頭を左右に振って『無理です』と伝えてくる。

しかし朱音《あかね》はさらっと聞いてきた。

「どうしたの、ハルにぃ。顔色悪いけど……何かあった？」

たぶん周囲の状況がわかってないいんだろうな……。

これが朱音《あかね》の問題のあるところであり、可愛《かわい》いところでもある。

「あぁ、ご覧の有様《ありさま》だよ！」

俺はどう表現していいかわからず、そう答えた。

すると朱音《あかね》はやたら深刻な表情で頷《うなず》いた。

「なるほど。ゴランの有様《ありさま》とは……さすがハルにぃ。中東戦争におけるゴラン高原の悲惨さを現在の状況にかけてくるとは――」

「あああぁぁぁ、まったく違うのにどうして意味だけ合ってるんだよぉぉぉぉ！」

そんな感じで撮影旅行最後の夜は人数も増えたことで、昨夜よりもさらに賑《にぎ》やかだった。

騒いで、笑って。怒られて、頭を抱えて。

こんな素晴らしい場所で、こんな素晴らしい仲間と盛り上がれることなんて、人生のうちでもそう何回もないかもしれない。

そんなことを考えてしまうくらい、最高のバカ騒ぎだった。


……………

………

……

さすがに明日はＰＶ撮影本番。昨日からいる組は朝まで騒いでいた前科もあるため、黒羽《くろは》の仕切りで十一時ごろに就寝となった。

俺は初ベッドを堪能《たんのう》しているうちに疲れが押し寄せてきて、いつの間にか寝落ちしてしまった。

しかし興奮が残っていたのか、目が覚めてしまった。

「あー……」

時計を見ると夜中の一時だ。隣のベッドを見れば、哲彦《てつひこ》が熟睡している。

俺は起こさないようそっと部屋から出て、トイレに向かった。

疲れは感じるのにどこか眠れる気がしない。

俺は二階に上がり、冷蔵庫からスポーツドリンクを取り出して飲み干した。

あれだけ騒がしかったリビングも今は誰もいなくて静かだ。月明かりだけのリビングは日中と雰囲気が違って、ドキドキする。

あまりにも月が綺麗《きれい》だったから、俺はテラスへ出てみた。

海風が心地いい。いくら沖縄《おきなわ》とはいえ、十月。少し肌寒く感じた。

「♪～～」

「ん……？」

波の音に紛れて、どこからか音楽が聞こえた。これ……パラダイスSOSじゃないだろうか。

テラスからステージの方角を見てみると――いた。

誰かが音楽を流し、ダンスの練習をしている。

あれは……白草《しろくさ》だ。

（シロ、足を痛めていたのに、こんな時間まで……）

俺には真似《まね》できない。凄《すご》い努力だ。

俺は少しでも力になりたいと思って、砂浜に向かった。

俺が近づく途中、ステージに置かれた携帯が光った。

白草《しろくさ》は踊るのをやめ、携帯を取った。

「あ、芽衣子《めいこ》？　うん、私。ごめんね、こんな夜遅くに連絡して」

相手はクラスメートで、白草《しろくさ》の友達である峰芽衣子《みねめいこ》のようだ。

こうなっては声をかけづらい。

俺は砂浜に下りたものの、白草《しろくさ》が背中を向けていたため、手持ち無沙汰になり、固まってしまった。

「……うん、そう。私だけ下手だから、練習しなきゃいけなくて……。……ううん、スーちゃんの力を借りるつもりはないわ」

「!?」

そんなことを言われては顔を出しづらい。

俺は慌てて別荘の植え込みの陰に隠れた。

「……それで、わかったの。私、スーちゃんの横に立つ必要はないんだって。でもね、それはね、離れるって意味じゃないわ。私は、スーちゃんの一歩後ろを歩いて、スーちゃんに何かあったとき、背中を支えられる存在になりたい……そのことがわかったの」

あっ——

（シロも同じ気持ちだったんだ……）

白草《しろくさ》が俺のパーカーを掴《つか》み、後をついてきたとき、確かな〝絆《きずな》〟と〝心地好《ここちよ》さ〟を感じた。

きっと白草《しろくさ》自身も再会後の関係がしっくりいってなかったんだ。それがあのとき、初めてしっくりきた。きっとそうだ。

「……私はもっと素直になって、これからはスーちゃんに相談したり、頼ったりするつもり。でもね、無条件に甘えるのって、違うと思うの。自分でやれることはできるだけやって、それからじゃないと失礼だと思うわ。私は無条件にすがっていたあのころに戻るつもりはないの。引っ張ってもらうことはあると思うけど、それ以外のところでは私、むしろ尽くしたいわ……」

それからも話は続いたが、どっちかと言えば白草《しろくさ》がひたすらしゃべり、峰《みね》がじっと聞くという感じだった。

途中から白草《しろくさ》が歩きながら電話していたため、すべてが聞こえたわけではなかったが、とにかく真面目で、純粋な内容であることは断片だけでもわかった。

——私は……できるんだって、……に見せたいの。

——……に喜んで欲しい。恩返しをしたい。

——……がいたから今笑えて……よって、伝えたい。

そんなことを話し、きっと峰《みね》はしっかり聞いてくれたのだろう。最後にはお礼を言って通話を切った。

「さて、頑張らなきゃ……」

そうして白草《しろくさ》はダンスの練習を再開した。

こんなのを聞いてしまったら、俺はもう出られない。

できることはただただ見守るだけだ。

「♪〜〜　♪〜〜」

少しずつよくなっている。歩みは遅いかもしれないが、確実にレベルは上がっている。

笑顔も浮かべられるようになっている。最初のときとは段違いだ。

でも——時折顔が歪《ゆが》む。

いくら碧《みどり》にテーピングをしてもらっても限界はある。

それでも白草《しろくさ》は何度も何度も踊り続けた。

……ほんの一ヶ月ほど前まで、俺にとって白草《しろくさ》は天に輝く星のような存在だった。

美人で、クールで、大人気の女子高生小説家。同級生の中でもひときわ目立つ存在で、平凡な俺なんかとは違う世界の住人だった。

しかしそうなるため、今のようにずっとあがき、もがき、苦しみ、努力してきたのだ。

俺にはその姿がありありと思い浮かんだ。

『もっともっと勉強しなきゃ……っ！　もう私をバカにはさせない……っ！』

『不器用な私なんて見せたくない……っ！　スポーツも特訓しなきゃ……っ！』

『綺麗《きれい》になりたい……っ！　そのためにはちゃんとお手入れの仕方を調べなきゃ……っ！』

『スーちゃん……私は……またあなたに会うときまでに……っ！』

才能があっても人一倍不器用な白草《しろくさ》は能力を発揮できず、不登校になるほどだった。

その不器用さは今も変わっていない。

でも密《ひそ》かに努力し、積み重ね、一つずつ克服してきたのだ。

今の姿を見れば、言われずともわかった。

「シロ……」

俺と白草《しろくさ》の間にある空白の六年間。

俺がいなくなったことで、おそらく白草《しろくさ》は今、目の前に広がる光景と同じように、たった一人で努力をしてきたのだろう。

その孤独な戦いを思い浮かべるだけで、俺は——涙が止まらない。

どうして白草《しろくさ》はここまで頑張れるのだろう。

ただ真《ま》っ直《す》ぐ目標だけを見据え、一ミリもブレない。

尊敬する。可知《かち》白草《しろくさ》という少女に、心から敬意を表したい。

輝いている。

天にいたときも輝いていた。

でも――地を這《は》う姿のほうが、ずっと輝いている。

「頑張れ、シロ――」

思わず手に力がこもった。

俺は陰ながら応援することしかできない。

悔しかった。でも……ダメなのだ。

今すぐ出て行って手を差し伸べても、それは彼女の本意じゃない。白草《しろくさ》の今までの努力や意思を尊重するなら、俺は出て行ってはいけないのだ。

胸が押しつぶされそうだった。

かつて感じた痛みが、また胸の中で暴れ回っている。


初恋は、毒だ――

それは新たなる恋で癒えた――はずだった。

でも……。

ああ、そうだ。

癒えたと思っていたのは単なる思い込みで――癒えたつもりになっていただけなのかもしれない。

この忘れられない、痛み、苦しみ。

そうか――

――初恋の毒は、今も俺を蝕《むしば》んでいる。

＊

蒼依《あおい》は物音が聞こえて目を覚ました。

ベッドから身体《からだ》を起こすと、朱音《あかね》が窓際《まどぎわ》に立っていた。

「あかねちゃん……？」

「あおい、ごめん。起こしちゃった？」

「別にいいけど……どうしたの？」

「…………」

朱音《あかね》はカーテンの端を少しだけずらし、隙間から外を見ている。

月明かりだけでは表情がよくわからないが、明らかに顔色が冴《さ》えない。

蒼依《あおい》はベッドから起き上がり、朱音《あかね》の横に並んだ。

「何が見えるの……？」

少し開けた窓から、ＰＶの音楽が微《かす》かに聞こえてくる。

蒼依《あおい》も朱音《あかね》の横に立って窓の外を眺めてみた。

すると——植え込みの陰で涙を流している末晴《すえはる》の姿が見えた。そして末晴《すえはる》の視線の先にあるステージで、白草《しろくさ》が練習をしている。

それを見ただけで蒼依《あおい》はすべてを理解した。

「あおい……」

朱音《あかね》はきゅっと胸を押さえた。

「何だか、胸が痛いの……」

「……あかねちゃん」

「何でだろう……こんなこと一度もなかったのに……ハルにぃを見ていると、胸が締め付けられるの……」

——ダメ……あかねちゃん、それはダメ……。

蒼依《あおい》は漏れ出してしまいそうな心の声を呑《の》み込《こ》み、口に蓋をした。

（その想《おも》いに、気がついちゃダメ……）

だって、その道には先がない。

ただただ辛《つら》いだけで、光が当たることは決してない。そのくせ、少し笑顔を向けられたり、褒められたりするだけで凄《すご》く嬉《うれ》しくて、はしゃいじゃって、浮ついちゃうのに、最後には悲しくなってしまう。

毒だ。この気持ちは、きっと毒なのだ。

そのことを——わたしは誰よりも知っている。

だからわたしはあかねちゃんに言いたい。

わたしのようになってはいけない、と。

でも。

そう、でも。

心は縛れない。口でどれだけ言っても意味なんてない。論理性も意味はない。心に論理は通用しない。

だから、わたしは——

「あおい……？」

蒼依《あおい》は朱音《あかね》を抱きしめた。朱音《あかね》が戸惑っているが、無視して抱きしめた。

強く、強く。

「あおい……」

朱音《あかね》はたぶん抱きしめられている意味にさえ気がついていない。

でも、何となく感じるものがあったのだろう。

「……ありがと」

そう言って、朱音《あかね》は抱きしめ返してきた。

——でも、本当に？

心の内からの囁《ささや》きに、胸の奥がうずいた。

——本当に、わたしに、わたしたちに、チャンスはない……？

いつもだ。

いつもわたしはこうやって淡い期待を抱いてしまう。

この世に絶対のものなどない。だから希望はある。

そんな言葉が頭をよぎる。

そうかもしれない。

でも——わたしが抱えている想いはそんな単純なものではない。


——大好きなくろ姉さん。


そう、くろ姉さんのことを無視することなんてできない。

わかっている。わたしの想《おも》いは、大好きなくろ姉さんの想《おも》いとぶつかってしまう。

ううん、それだけじゃない。

あかねちゃん……そしてもしかしたら、みどり姉さんとも……。

ああ——

「あおい、痛い……」

蒼依《あおい》は我に返り、身体《からだ》を離した。

おかしな表情をしていたのだろうか。

朱音《あかね》は眼鏡の位置を直すと、普段の無表情を崩し、声を震わせ聞いてきた。

「あおい、大丈夫……？」

「……うん、大丈夫だよ」

朱音《あかね》は戸惑いを見せつつも、『ならいいけど……』とつぶやいた。

わたしは知っている。あかねちゃんは表情を読み取るのが下手で、思考方法が直球だ。だから嘘《うそ》をつかれたらもう正解にはたどり着けない。

わたしは嘘《うそ》つきだ。

きっとわたしは、姉妹のうちで一番嘘《うそ》をつくことがうまい。鋭いくろ姉さんにさえ見破られない自信がある。

卑怯《ひきょう》なわたしらしい、特技だ。

でもいい。わたしが嘘《うそ》をつくことで周りがうまく収まるなら、それが正解なのだ。

だってわたしは――みんなみんな、大好きなのだから。


恋が毒なのだとしたら――

わたしにとって、嘘《うそ》は薬だ。

でも完治させるための薬じゃない。痛み止めの薬だ。

僅かの間、真実を隠し、他人の幸福のためという大義名分でごまかすことを許す、そんな……一時しのぎの薬だ。

でもこの薬は——嘘《うそ》は——使った後が辛《つら》い。

だって嘘《うそ》をつけばつくほど、気持ちを隠せば隠すほど、『このいけない気持ち《初恋》』はより強くなる。

ねぇ、はる兄さん……教えてください。

わたしは、どうすればいいのでしょうか——？

エピローグ

＊

撮影旅行三日目も快晴だ。

今日の予定はＰＶを撮影して、ステージを片付けて帰るだけ。正午には飛行機で沖縄《おきなわ》を後にする。

朝食後、機材のテストを含めた最終リハーサルを行い、満足いく結果を得た。

そして今は、舞台に上がる女の子三人が本番用の衣装に着替えるのを待っているところだ。

まず出てきたのは黒羽《くろは》だった。

「ねぇ、ハル、あのね――」

「……ん？」

「あのさ、この服――」

そこまで黒羽《くろは》が言ったところで、俺の目の端に白草《しろくさ》が映った。

「あ、わりぃ、クロ」

「え、ちょ、ちょ、ハル……？　えっ？」

俺はビデオカメラをステージの脇に置いて背を向けた。

「おーい、シロ！」

「ん……？　んんん………⁇」

何やら背後で黒羽《くろは》が騒がしい気がするが、俺は振り向かずに駆け寄った。

「シロ、足の調子はどうだ？」

「えっ⁉　うん、大丈夫だけど？」

「本当か？　ちょっと見せてくれ」

「ちょ、ちょっとスーちゃん――」

白草《しろくさ》が身体《からだ》をくねらせる。

俺は膝を立ててしゃがみ、白草《しろくさ》の怪我《けが》をした右足を立てた膝に載せると、真っ白なワンピースのスカートを少し持ち上げ、足首やふくらはぎに触れた。

「ここは痛くないか？　こっちは？」

「す、スーちゃん、みんなの前でえちぃことは……」

「ん？　何だって？」

俺が見上げると、頬をほんのり赤らめていた白草《しろくさ》は目をパチクリさせた。

「あっ……ううん、何でもないわ……。大丈夫……そこは痛くないわ……」

「じゃあこの辺か？」

「……うん、そうね。痛いのはその辺かな。外側のほうが痛むわ」

「さっき絵里《えり》さんが戻ってきて、頼んでおいたアイシングスプレーを持ってきてくれたんだ。これを使えば少しは痛みが治まると思うから……いいか？」

「……うん、お願い」

そんな俺たちのやり取りを見て、黒羽《くろは》がちょっと変な反応をしている。

「これ……おかしく……ん、ちょ、待って……んんっ……？」

少し離れたところでは哲彦《てつひこ》と玲菜《れな》がぶつぶつつぶやき合っていた。

「あれ、どういうことっスか、テツ先輩」

「いや、オレにもわっかんねーが……」

「何だか仲がいいというか、でもなんか自然っていうか……」

そんな二人の間に真理愛《まりあ》が割り込んだ。

「――ちょっと、甘く見過ぎていたかもしれませんね」

「ももちーっ⁉」

「……すみません、失言でしたね。では舞台に向かいます」

俺は真理愛《まりあ》が舞台に上ろうとしていることに気がつき、処置を手早く済ませた。

「いけるか、シロ」

「うん、ありがと」

「頑張れ」

「うん、頑張る」

こうして群青同盟《ぐんじょう》の三人の女の子は舞台に立った。

衣装は三人ともここへ来たときに着ていた私服だ。

統一感はまるでない。バラバラだ。

でも普通女の子が三人集まれば服が違うのは当たり前。それだけに〝等身大の普通の女の子〟らしさがあり、それぞれの個性が出ていて、逆に新鮮だ。

白草《しろくさ》は真っ白なワンピース。清純派美少女の夏の王道といった格好で、ロングストレートの黒髪と犯罪的なほど似合っている。

真理愛《まりあ》はマリンコーデ。上が白、下が紺色パンツの制服っぽい服装で、ひらひらした服を着ているイメージがあるだけに少しギャップがある。普段より元気に見えて、その新鮮さがいいと俺は感じている。

黒羽《くろは》はゆったりとしたTシャツとフレアスカートで、可愛《かわい》らしさ強調というよりカジュアルな印象が強い。日常感が強く、ある意味今回のテーマにもっとも合っている。

ミュージックが流れ出す。朱音《あかね》が手を加えたものだけあって、さらにノリがよくなっている。

俺はビデオカメラを片手に、様々な角度から三人を撮影した。

強い日差しが皮膚を焼いている。

舞台に立つ三人はさぞ辛《つら》いだろう。歌って、踊って。激しい動きに汗が噴き出している。一番緊張しているのは白草《しろくさ》だった。その証拠に、ヘッドセットマイクが震えている。

でもいい笑顔だ。最初のころのひどさを知っているだけに、その成長ぶりに驚きだ。

さすがに真理愛《まりあ》はうまい。キレが一枚上だ。表現力が豊かで、緩急も自在。ぼーっとしてるとつい真理愛《まりあ》に目を留めてしまう辺り、技術の高さを感じさせる。

黒羽《くろは》も要点を押さえている。ただ黒羽《くろは》で目を引くのは、動きより声だ。耳に自然と入ってきて、しかも印象に残る。特別にうまいとかではなく、単純に声質に魅力がある。

でも――白草《しろくさ》だって負けていない。

どこが、というと難しい。でも全体を見たとき……そう、〝魅力〟では負けていない。

もしかしたら俺は白草《しろくさ》を贔屓《ひいき》しているのかもしれない。

だって、ダンスがうまいとか、表情が豊かとか、歌がいいとか、そういう表現では評価できないのだ。凄《すご》く曖昧に〝魅力〟としか言えない。

けど……しょうがないじゃないか。

あの血のにじむような努力を見てしまったんだ。あのターン、振り返ったときの笑顔、その一つ一つがうまくできずに苦しみ、でも頑張って少しずつできるようになったことを知っている。だから俺には白草《しろくさ》がもっとも輝いているように見える。

『どうしよう⁉　夏の恋はここで決まる⁉　S・O・S！　パラダイスSOS！』

頑張れ……そう、そこでターンして……よしっ！　決まった……っ！

ちゃんと練習の成果が出ている。痛みがあるのは間違いないのに、おくびにも表情に出していない。素晴らしいプロ根性だ……っ！

俺はビデオカメラを持つ手にぐっと力を込めた。

よし、あとちょっとだ……頑張れ……歌も終わり……集まってきて…………………っ、オッケーっ！　よく保《も》った！　頑張った！　本当によく頑張った、シロ！

「哲彦《てつひこ》、これバッチリだろ！」

曲が完全に終わったのを見計らって、俺は声をかけた。

哲彦《てつひこ》は腕時計に視線を落とし、思案した。

「……時間はまだあるな。可知《かち》の足の状態次第だが、大丈夫そうならもう一回くらい撮っておくか」

「いやいやいや、これ以上は無理だって！　いい出来だったんだ。これでオッケーだろ？」

俺が詰め寄ると、哲彦《てつひこ》は眉間に皺《しわ》を寄せた。

「落ち着け、末晴《すえはる》。お前、冷静さ欠いてるぜ？」

「どこがだよ？　冷静な判断の結果がこれだって」

「おい、玲菜《れな》。こいつに海の水、ぶっかけてやってくれ」

「えっ……いや……それはちょっと……カメラも持ってるっスよ……」

「いいんだよ、カメラごとやってやれ」

「何でそんなことされなきゃいけないんだよ！」

「ちょっとちょっと、どうなってるの？　何でハルと哲彦《てつひこ》くんが喧嘩《けんか》するわけ？」

「どういうことです……？」

「えっ、スーちゃん……？　どうしたの？　ダメだったの……？」

異変を感じたのか、舞台の三人も俺たちに近づいてくる。

だが、その途中で――

「あっ」

おそらく足が限界に達していたのだ。

白草《しろくさ》がよろめいた。

疲労が一気に押し寄せたのか、意識が散漫な感じで明らかに反応が鈍い。そしてよりによって、崩れたところがステージの端……このままだと角にぶつかり、しかも段差のせいで受け身を取ることもできない。

「――シロ！」

俺はビデオカメラを投げ捨て、飛びついた。

利き腕を間一髪のタイミングで白草《しろくさ》とステージの間に滑り込ませる。

そして——

「……ぐっ！」

ギリギリ、白草《しろくさ》を受け止めることができた。

——だが。

白草《しろくさ》の体重が俺の右腕に思いきりかかっている。しかも腕の下にあるのは金属パイプの上に板が載っただけの、むき出しの角。そんなものに挟まれ、腕が無事でいられるはずはない。

みしっ、と変な感触がした。

「っっつうううううう……っ！」

激烈な痛みが走り、俺は全身を硬直させた。

「スーちゃん……っ！」

「ハル……っ！」

「末晴《すえはる》お兄ちゃん……っ！」

黒羽《くろは》と真理愛《まりあ》が顔を青くして駆け寄ってくる。

真っ先に状況を冷静に把握し、動いたのは哲彦《てつひこ》だった。

「玲菜《れな》、近くの病院検索しろ！　絵里《えり》さん、車を出してください！　碧《みどり》ちゃんは応急処置できるか⁉」

ヤバい、意識が朦朧《もうろう》とする。哲彦《てつひこ》の声は聞こえるが、あまりの痛みで何を言っているか頭に入ってこない。

脂汗が流れる。奥歯を嚙《か》みしめるが、痛みはどんどん増してくる。

「スーちゃん……私のせいで……」

だが——痛みより白草《しろくさ》の悲痛な表情の方が辛かった。

「シロ……お前、あいかわらず泣き虫だな……」

おぼろげな意識の中、泣いているシローの面影が白草《しろくさ》と重なり合う。

「スーちゃん……」

「気にすんなよ……こんなのどうってことないからさ……」

俺は白草《しろくさ》の頰に流れる涙をすくった。泣き顔をこれ以上見たくなかったから。

「スーちゃん……っ！」

白草《しろくさ》は俺の左手を両手で包み込み、愛おしそうに頰をすりつける。

俺は精いっぱいの笑顔を浮かべて白草《しろくさ》の頰を撫でた。

＊

翌日——三連休明けの十月十日、火曜日。

エンタメ同好会こと群青《ぐんじょう》同盟の部室で、哲彦《てつひこ》はノートパソコンで昨日撮影したPV用動画の確認をしていた。

ノックの音がする。

どうぞ、と言うと、笑顔を浮かべたイケメンが入ってきた。

「お邪魔するよ」

「自分でわかっているならちょうどいいっすね。邪魔なので帰ってください」

哲彦《てつひこ》が即座にそう告げると、お金持ちでイケメンなのに性格までいいと女子に大評判の先輩はニッコリと笑った。

「最近、君のそんな反応が楽しみになってきたんだ。期待通りで嬉《うれ》しいよ」

「えっ、ドMなんすか？」

「それは否定させてもらうよ。ただ君みたいな反応をするやつは他にいなくてね。とても新鮮というだけさ」

哲彦《てつひこ》は深いため息をついた。

「受験生ですよね？　暇なんすか……阿部《あべ》先輩」

阿部《あべ》は笑顔を浮かべたまま室内に入り、扉を閉めた。

くそっ、こいつ完全に居座る気だ。

「ああ、そうだね。最近暇になったかかな」

「最近……？」

とそこまで言って気がついた。

「っ、そうか、推薦……っ！」

「ご名答。ありがたいことに慶旺《けいおう》大学にＡＯ入試で合格してね」

「あ、ムカつくんでおめでとうは言いませんよ？」

「じゃあ逆に僕が合格祝いのおすそ分けでお菓子でも贈ろうか？」

「自分の幸せを他人に押し付けると嫌われるって、知らないんですか？」

「君に嫌われているのはわかっているから、もっと嫌われるとどうなるか試してみたいと思ってね」

「随分性格が悪いようで」

「これでも周りからはよくいい人って言われるんだけどね？　でも僕はいい人って言われるより悪い人って言われるほうが楽だからむしろ嬉《うれ》しいよ」

哲彦《てつひこ》は眉間に中指を当て、血圧が上がるのを抑えた。

「……で、今日のご用は？」

「今日、学校で動画の編集ソフトを白草《しろくさ》ちゃんから受け取ることになってたんだって？」

「ええ。……ああ、可知《かち》が休んだので、先輩が持ってきたんすか」

「ご名答。そもそもこのソフト、うちのやつなんだ。父が勢いで買ったけど未使用のものがあってね。ま、間に白草《しろくさ》ちゃんが入る予定だったけど、直接渡しても問題ないだろ？」

「オレとしては問題ありだと思ってますけど、ま、もらっときます」

哲彦《てつひこ》は差し出された動画編集ソフトを受け取ろうとして――摑《つか》む瞬間、スかされた。阿部《あべ》がギリギリで手を引っ込めたせいだった。

「……何やってんですか？　小学生のガキですか？」

「いや、せっかくだから撮影旅行の話、聞きたいじゃないか。でも渡したらきっと話してくれないだろうなって思って」

「どっちにしろ面倒くさいんで話しませんよ？」

「実は旅行から帰ってきた後、白草《しろくさ》ちゃん、随分へこんでいてね――」

「あの、オレの話、聞いてます？」

どうして話さないって言った傍《そば》から話し始めてるわけ？　日本語通じてないんじゃねぇの？

「聞いているけど話をしたいから無視したんだけど？」

「その確信犯的行動、マジイラっときますわ」

「そう？　僕は楽しいよ？」

殴ろうかとも思ったが、それさえも誘っているような気がしたのでやめておくことにした。

「はぁ……可知《かち》が今日休んだ理由は、それでしたか」

「意外かい？」

「いえ、末晴《すえはる》が怪我《けが》をしてからしばらく泣いてましたし、帰りはずっとしおらしく末晴《すえはる》に付き添っていたんで、まあ予想はしてましたよ。でも――」

「ん……？　でも……何だい？」

「……ま、なんつーか、今回の旅行って、オレとしては様子見というか、まあ女性メンバーでPV撮れただけで勝利だったんで、あの四人の関係には特に手を加えなかったんですがね」

「ふむ」

阿部《あべ》は音が出ないよう慎重に椅子を引いて座った。

「明確に勝利と言える基準もないし、そういう意味じゃ誰も勝ってないし負けてもいないんですが……もし今回の旅行で一人勝者を挙げるとしたら、間違いなく可知《かち》なんですよ」

途中段階をすっ飛ばし、最終結果だけを見ると、そうとしか見えなかった。

だって末晴《すえはる》と白草《しろくさ》の間に流れる空気、互いの接し方、互いを見る目、すべてが行くときと違っていた。

それに――それを裏付ける証拠もある。

「最終日のステージ、オレ、末晴《すえはる》、玲菜《れな》の三人でカメラを回したんですが……これ、末晴《すえはる》のやつです」

哲彦《てつひこ》はノートパソコンで動画を再生した。

「へぇ……映ってるの、白草《しろくさ》ちゃんばかりだね」

「わかりやすいでしょ？」

完全に肩入れしていることがわかる。これを見る限り、末晴《すえはる》の中で心の動きがあったのは間違いない。

言うなれば『二人は一歩近づいた』と言える。これは黒羽《くろは》や真理愛《まりあ》には起こっていない現象だ。だから勝者を挙げるとしたら白草《しろくさ》しかいない、と哲彦《てつひこ》は感じていた。

「不思議だね。僕が白草《しろくさ》ちゃんから聞いた話だと、どうやら失敗ばかりなんだけど」

「そこなんですよね、こう、明確じゃないのは。オレから見ても『可知が失敗ばかりしていた』というのは間違いないんです。成功したのは、先手必勝で旅行計画をごり押しし、志田《しだ》ちゃんを出し抜いたところだけですよ。実際、沖縄《おきなわ》に行ってからはことごとくミスし、邪魔され、思い通りにいったところって一個もなかったんじゃないかなって印象ですね」

「そうだね。僕が聞く限り、丸《まる》くんの好物の鶏《とり》のから揚げで心を摑《つか》もうと思ったら、いきなり空港で桃坂《ももさか》さんがお菓子を出してきて一本取られ、その後も料理勝負になってしまって最後は丸《まる》くんに情けない姿を見せてしまった、と。それに加えて水着でアピールしようとしたのに、桃坂《ももさか》さんに邪魔され、ダンスでアピールしようとしたら一番下手だったって聞いてる。まあ白《しろ》草《くさ》ちゃんがへこむのはしょうがないと思ったよ」

「可知《かち》はおそらく長期計画のほうが得意なんすよね。アドリブがきかないっていうか。戦略は得意だけど戦術は苦手。参謀として優秀だけど前線指揮官としてはダメ、みたいな」

「ああ、うん。そういうところあるね」

「だからでしょうね、真理愛ちゃんが油断してしまったのは」

「ん――？」

予想外の言葉だったのか、阿部《あべ》は瞬《まばた》きをした。

「どういうことだい？」

「先輩が真理愛《まりあ》ちゃんの立場だったとして、どんな状況が好ましいですか？」

「……それは『丸《まる》くんの恋愛対象になっていないと自覚している』という前提の話かな？」

「そうですね」

阿部《あべ》は腕を組み、狭い部室内を意味もなく見回した。

「時間を稼ぎたいな。自分に振り向くまでに、丸《まる》くんが誰かとくっつくのは困る。桃坂《ももさか》さんの立場なら、芸能界仲間という面も含めて、時間が経《た》てば経《た》つほど自分に有利に働くからね」

「さて、それを踏まえた上で、志田《しだ》ちゃんと可知《かち》、どっちが怖いですか？」

「……あ～、なるほどね。ようやくわかった。どっちが怖いかって言ったら、そりゃ圧倒的に志田《しだ》さんだよね。僕だって『記憶喪失のフリで全部なかったことにしようとした』って聞いて戦慄を覚えたよ。発想自体は荒唐無稽なんだけど、それを実際にある程度まで成し遂げてしまう〝腕力〟が衝撃的だったな」

もちろん〝腕力〟というのは物理的な意味じゃない。どう考えても無理な事柄を成し遂げてしまう実行力と行動力を表現してそう言っているだけだ。

哲彦《てつひこ》自身、記憶喪失のフリなんて無理だと思った。それでも末晴《すえはる》の性格を読み、ある程度成功しそうなところまでいっていた。それが恐ろしい。

「あの子に比べれば可知《かち》なんて可愛《かわい》いもんですよ。計画を立ててもなかなかうまくいかないレベルですし。となれば末晴《すえはる》が今、志田《しだ》ちゃんと可知《かち》のどっちが好きか……なんて議論するまでもなく、真理愛《まりあ》ちゃんとしては志田《しだ》ちゃんのほうが怖いわけですよ。何とかして自分に振り向かせたとしても、志田《しだ》ちゃんは腕力でひっくり返してくるかもしれないって思いますから」

「だから油断した、と？」

「真理愛《まりあ》ちゃんは志田《しだ》ちゃんを恐れるあまり、可知を本気で邪魔しに行かなかった、と見ていいと考えたんでしょう。志田《しだ》ちゃんの猛攻を抑えるには、可知《かち》が距離を近づけ、もう少し拮抗したほうが都合がいいと考えたんでしょう。でも——それがミスでしょうね」

「何があったんだい？」

「オレも現場は見てないんで、詳しくは知らないっす。ただ言えるのは——」

哲彦《てつひこ》は肩をすくめた。

「計画が失敗したからといって恋愛として失敗したとは言い切れないってことっすよね」

「……それって、白草《しろくさ》ちゃんが失敗したことで庇護欲《ひごよく》をくすぐられたとか、そういうことかい？」

「ざっくばらんに言えば。可知《かち》の計画が失敗したのは、可知《かち》の不器用さによるものでしょう。でも不器用って、短所かもしれないっすけど、男から見ると魅力的に映るときもありますよね？」

ははぁなるほどねぇ、と阿部《あべ》が頷《うなず》く。

「別にそれは女性から男性を見ても、そうだと思うよ」

「ま、そっすね。つーことで、可知《かち》は失敗しまくりました。よって計画がうまくいったかどうかで見れば、可知《かち》こそ唯一の敗者かもしれないです。ま、そもそも当初の目標が高すぎでしたし。でもその失敗こそが今回唯一の勝者になった要因と言えるかもしれない。そんな感想っすよ」

阿部《あべ》はふむ、とつぶやいてあごに手を当てた。

「とすると、だよ。そもそも丸《まる》くんって、志田《しだ》さんよりも白草《しろくさ》ちゃんのほうが好みのタイプなんじゃないかな？」

「オレは最初からそう思ってましたが？　だって志田《しだ》ちゃんより可知《かち》のほうを先に好きになってましたし」

「ああ、そっか。そうだよね。そうなると、こりゃ荒れるな……」

「何がですか？」

阿部《あべ》は実に楽しげに微笑《ほほえ》んだ。

「――それは、丸《まる》くんと白草《しろくさ》ちゃんが同じ家で暮らすからさ」

＊

「――えっ⁉　どういうことですか⁉」

俺が校門から出ると、なぜか総一郎《そういちろう》さんが待っていた。怪我《けが》で大変だろうから、車で家まで送ってくれるという。

俺のサポートをするべく黒羽《くろは》が横にいたのだが、一緒にどうかと言ってくれたので、二人で例の黒塗りの車に乗り込んだ。

すると後部座席には今日休んだはずの白草《しろくさ》がいた。助手席には見知らぬメイドさんも座っている。

そして総一郎《そういちろう》さんは車を出発させるなり、こう切り出したのだ。

『マルちゃん、その腕では日常生活に苦労するだろうから、面倒を見させるために白《しろ》を居候《いそうろう》させてくれないか』

――と。

これが冒頭の俺のセリフへと繋《つな》がるわけだった。

総一郎《そういちろう》さんは朗々と語る。

「実はマルちゃんのお父さんには連絡を取って、すでに了解を得ているんだ。利《き》き腕《うで》の骨にヒビが入って全治十日。サポートなしではご飯すらまともに食べられないだろう？」

現在俺の右腕はギプスで固定されている。

最初は自分一人でもどうにかなるかと思っていたが、実のところかなりきつい。

利《き》き腕《うで》が使えないせいでペンは持てないし、箸も持てない。トイレでさえ一苦労。服だって手助けがなければ着られない有様《ありさま》だった。

「それなら、あたしが――」

黒羽《くろは》が名乗り出たのを聞き、白草《しろくさ》が口を開いた。

「志田《しだ》さん、スーちゃんを怪我《けが》させてしまったのは、私なの。私に責任を取らせて」

「そ、そうかもしれないけど――」

黒羽《くろは》の反論が弱々しいのは、白草《しろくさ》の父である総一郎《そういちろう》さんがいるからだろう。

その総一郎《そういちろう》さんが紳士らしい落ち着いた声で言った。

「親としても、白《しろ》に責任を取らせてあげて欲しい。昨日からずっと責任を感じ、今朝は熱を出してしまったほどだ。これなら居候《いそうろう》させたほうがいいと私も考えたわけだ」

「で、でも！　年頃の娘を同級生の男の子のところに泊まらせるのはさすがに非常識じゃないですか！」

「そう思って、彼女を一緒に泊まらせるつもりだ。これなら良からぬことは起きないよ。もちろん、マルちゃんのお父さんにはこのことも了承をもらっている」

助手席にいるメイド服の少女が無言のままぺこりと頭を下げる。

「ハルは⁉　ハルはどう思ってるの⁉」

いきなり振られ、俺は動揺しつつ回答した。

「いや、そりゃびっくりしてるけど、正直ありがたい、かな……？　今日一日、滅茶苦茶《めちゃくちゃ》辛《つら》かったからさ。ほら、朝も制服が着られなくて、急遽《きゅうきょ》クロに来てもらったくらいだろ？」

「ならあたしでいいじゃない⁉」

「そういうわけにはいかないだろうが。お前にばっか迷惑かけても悪いし……」

「可知《かち》さんならいいわけ⁉」

「俺は別に気にしてないんだけど、シロが責任を取りたいっていうなら好きにやらせてあげたいって思うんだよ。こうやって総一郎《そういちろう》さんもいいって言ってくれてるし、俺も助かるし。それにこのメイドさんのサポートまであるんだろ？　シロにだけ負担がかかるわけじゃないし、それならいいかなって……」

「うっ――」

黒羽《くろは》は押し黙った。

「総一郎《そういちろう》さん、いつからの予定ですか？」

「よければこのままどうかなって思ってるんだ。もう着替えとかは車に積んである。部屋の空きはあるかな？」

「ええ、客間がありますので。二人で狭いようなら、俺はリビングで寝るので一人は俺の部屋を使ってもらっても……」

そうやって話を擦り合わせている間、黒羽《くろは》はずっと黙っていた。

俺が時折目を向けても、顔を伏せ、聞こえないような声で何かをつぶやいている。

「これで勝ったと思わないでよね、可知《かち》さん――」

「……ん？」

俺は黒羽《くろは》の口から漏れ出たセリフに耳をすましたが、聞き取れなかった。

次回予告

OSANANAJIMI GA ZETTAI NI MAKENAI LOVE COMEDY

幼なじみとは何か――

距離が近ければ幼なじみなのか？

昔から付き合いがあれば幼なじみなのか？

「ということで、今日から
お世話になるね、スーちゃん」

末晴の家に居候することになった白草。
動揺する黒羽に白草は笑う。

「家が隣同士だということを
アドバンテージだと思っていたみたいだけれど……
残念だったわね。
私、あなたよりもっと近くにいられるわ」

幼なじみの絶対距離――家が隣同士。
それを超える『同居』に、
黒羽の危機感は最高潮に達する!?

「ハル……“好きって言うゲーム”
まだ終わってないんだけど……
覚悟、できてる？」

虎視眈々と爪を研ぐ黒羽は、どう巻き返すのか!?

「スーちゃん、あ、あ……あ～ん……」

「オイィィ！ あのクールな可知さんがっっ！
おかしいっっ！ とりあえず丸は死ねっっ！」

受けて立つ白草は!?
風雲急を告げる第四巻！！！！！

NEXT
SHUICHI NIMARU PRESENTS
VOLUME

そして群青同盟に、末晴の芸能界から消えた理由を
ドキュメンタリーで制作することになる。

「思い出してくれた、スーちゃん？
わたしと“駆け落ち”したこと」
白草は過去の思い出を語り――

「末晴お兄ちゃん……わかりました。
行けるように手配します……“あの場所”に」
真理愛は分岐点への案内役となり――

「ハル……久しぶりに“秘密基地”に行かない？」
黒羽は逃げ出した地へと誘う。

「安心してください。
わたし……あなたのこと、嫌いですから」
そして新キャラであるメイドの真意とは!?

築き上げてきたもの、
過去に置いてきたもの。
そしてその先にある
新たな関係とは――

幼なじみが絶対に負けないラブコメ 4
VOLUME:FOUR

幼なじみの絆を問う第四巻！　近日発売予定！

あとがき

どうも二丸《にまる》です。2巻のあとがきでは重版、コミック化、PV制作のことに触れましたが、その後もびっくりするようなことが続きました。素晴らしい2種類のCMが制作、放送されました。また『このライトノベルがすごい！』では新作2位、総合5位という評価をいただきました。売り上げでは十万部突破を告知したと思ったら、今度は十五万部突破と、現実離れした展開に驚き、焦《あせ》り、ビビり、動揺し、呆然《ぼうぜん》とし、現実逃避をしたあげく無我の境地に達した結果、平常心に戻って現在に至っております。こうした展開や評価があったのも、応援してくださっている皆様のおかげです。この場を借りてお礼を申し上げます。

さて、せっかくなので面白い小話でも…と思ったのですが、思いつきませんでした！

そこで以前、ラノベニュースオンラインのインタビューで『キャラクターが軒並み強メンタル』という話があったので、少し掘り下げを。

これはどっちがいいという話ではないですが、おさまけはコミカルさも重視していることから、比較的『おおらかな話』としています。実のところ『厳しい話』のほうが得意で、それはデビュー作『ギフテッド』で『プロローグで主人公が入社試験を受けに行ったら、いきなりビルから飛び降りろと言われる』なんて展開があるのがいい証拠ではないかと思っています。

ただこの厳しい現代、個人的にはもっとおおらかでもいいのに…と思っており、その願望が込められていたりします。自分、就職氷河期の中でもどん底レベルを経験してきた世代なので、若干憧れも入っていたりします。昨今は物語も繊細なものが多いと感じており、逆におさまけでは友達でもライバルでも遠慮なく言い合うようにしました。そんなおおらかさはおさまけを構成する重要な要素であり、個人的に目指している『楽しい修羅場』にも繫《つな》がっています。

この根底には『認め合う』『許し合う』ことが必要だと思っています。認め合い、許し合っている土壌があるからこそ、踏み込んで言えるのであり、ぶつかり合えるのではないかな、と。

そしてそういう関係が好きで表現したら、いつの間にかみんな強メンタルになっていました…。

自分は強メンタルとは程遠いですが、おおらかな心を持ち、認め合い、許し合える関係を多くの人と結びたいな、と思っています。


最後に編集の黒川様、小野寺様、イラストのしぐれうい様、本当にありがとうございます！

多くの応援いただいている方、反応できないことも多いですが大変感謝しております！

そして支え、励ましてくれたすべての人に心よりの感謝を！

二〇一九年　十二月　二丸修一《にまるしゅういち》

◉二丸修一著作リスト

「ギフテッドⅠ～Ⅱ」（電撃文庫）
「女の子は優しくて可愛いものだと考えていた時期が俺にもありました1～3」（同）
「幼なじみが絶対に負けないラブコメ1～3」（同）
「嘘つき探偵・椎名誠十郎」（メディアワークス文庫）

本書に対するご意見、ご感想をお寄せください。

ファンレターあて先
〒 102-8177　東京都千代田区富士見 2-13-3
電撃文庫編集部
「二丸修一先生」係
「しぐれうい先生」係

読者アンケートにご協力ください!!

アンケートにご回答いただいた方の中から毎月抽選で10名様に「図書カードネットギフト1000円分」をプレゼント!!

二次元コードまたはURLよりアクセスし、
本書専用のパスワードを入力してご回答ください。

https://kdq.jp/dbn/　パスワード　p1tjh

●当選者の発表は賞品の発送をもって代えさせていただきます。
●アンケートプレゼントにご応募いただける期間は、対象商品の初版発行日より12ヶ月間です。
●アンケートプレゼントは、都合により予告なく中止または内容が変更されることがあります。
●サイトにアクセスする際や、登録・メール送信時にかかる通信費はお客様のご負担になります。
●一部対応していない機種があります。
●中学生以下の方は、保護者の方の了承を得てから回答してください。

本書は書き下ろしです。

この物語はフィクションです。実在の人物・団体等とは一切関係ありません。

電撃文庫

幼《おさな》なじみが絶対《ぜったい》に負《ま》けないラブコメ3

二丸修一《にまるしゅういち》

2020年2月7日　初版発行
2021年3月15日　9版発行

発行者　青柳昌行
発行　株式会社KADOKAWA
〒102-8177　東京都千代田区富士見2-13-3
0570-002-301（ナビダイヤル）
装丁者　荻窪裕司（META＋MANIERA）
印刷　旭印刷株式会社
製本　旭印刷株式会社

※本書の無断複製（コピー、スキャン、デジタル化等）並びに無断複製物の譲渡および配信は、著作権法上での例外を除き禁じられています。また、本書を代行業者等の第三者に依頼して複製する行為は、たとえ個人や家庭内での利用であっても一切認められておりません。

●お問い合わせ
https://www.kadokawa.co.jp/（「お問い合わせ」へお進みください）
※内容によっては、お答えできない場合があります。
※サポートは日本国内のみとさせていただきます。
※ Japanese text only

※定価はカバーに表示してあります。

©Shuichi Nimaru 2020
ISBN978-4-04-912899-4　C0193　Printed in Japan

電撃文庫　https://dengekibunko.jp/

電撃文庫創刊に際して

文庫は、我が国にとどまらず、世界の書籍の流れのなかで〝小さな巨人〟としての地位を築いてきた。古今東西の名著を、廉価で手に入りやすい形で提供してきたからこそ、人は文庫を自分の師として、また青春の想い出として、語りついできたのである。

その源を、文化的にはドイツのレクラム文庫に求めるにせよ、規模の上でイギリスのペンギンブックスに求めるにせよ、いま文庫は知識人の層の多様化に従って、ますますその意義を大きくしていると言ってよい。

文庫出版の意味するものは、激動の現代のみならず将来にわたって、大きくなることはあっても、小さくなることはないだろう。

「電撃文庫」は、そのように多様化した対象に応え、歴史に耐えうる作品を収録するのはもちろん、新しい世紀を迎えるにあたって、既成の枠をこえる新鮮で強烈なアイ・オープナーたりたい。

その特異さ故に、この存在は、かつて文庫がはじめて出版世界に登場したときと、同じ戸惑いを読書人に与えるかもしれない。

しかし、〈Changing Times,Changing Publishing〉時代は変わって、出版も変わる。時を重ねるなかで、精神の糧として、心の一隅を占めるものとして、次なる文化の担い手の若者たちに確かな評価を得られると信じて、ここに「電撃文庫」を出版する。

1993年6月10日
角川歴彦

電撃文庫DIGEST　2月の新刊

発売日2020年2月7日

★第26回電撃小説大賞《大賞》受賞作!

声優ラジオのウラオモテ
#01 夕陽とやすみは隠しきれない?

【著】二月 公　【イラスト】さばみぞれ

第26回電撃小説大賞2年ぶりの《大賞》受賞! ギャル&キャの放課後は、超清純派のアイドル声優!? 電撃文庫満を持してお届けする、青春声優エンタテインメント NOW ON AIR!!

創約 とある魔術の禁書目録《インデックス》

【著】鎌池和馬　【イラスト】はいむらきよたか

科学と魔術が混在する世界。ここは科学サイド最高峰の学園都市、時はクリスマス。相変わらず補習に勤しむ上条当麻の前に、イヴの空気に呑み込まれた御坂美琴が現れて——!?

青春ブタ野郎は迷えるシンガーの夢を見ない

【著】鴨志田 一　【イラスト】溝口ケージ

忘れられない高校生活も終わり、咲太たちは大学生に。新しくも穏やかな日々を過ごしていたはずが、卯月の様子がなんだかおかしい……?　彼らの思春期はまだ終わらない。ちょっと不思議な青春物語、待望の第10弾。

七つの魔剣が支配するV

【著】宇野朴人　【イラスト】ミユキルリア

勉強と鍛錬を重ね己を高め、頼れる先達としての一面も見せ始めるナナオたち。一方で、次の仇討ちの標的をエンリコに定めたオリバーは、同志たちと戦いの段取りを詰めていく。必殺を期す彼らが戦場に選んだ場所とは——。

幼なじみが絶対に負けないラブコメ3

【著】二丸修一　【イラスト】しぐれうい

沖縄でPV撮影ってマジ!?　女子たちの水着姿を見るチャンス到来か……!　ヤバい、ハンパじゃないラブコメの波動を感じるぜ……!　って、何か白草の雰囲気が尋常じゃないんだが……。本当に水着回だよな!?

賢勇者シコルスキ・ジーライフの大いなる探求 痛《ツー》
～愛弟子サヨナと今回はこのくらいで勘弁しといたるわ～

【著】有象利路　【イラスト】かれい

「私にも妻と子がいるんで勘弁してください」「その言い訳2度目やぞ。前回が妻分で、今回が子の分。もう次はないわけや。コレ以上は、ワイは原稿修正しませんぜ!」 こんな打ち合わせの末に生まれた第2巻!

モンスター娘ハンター2
～すべてのモン娘はぼくの嫁!～

【著】折口良乃　【イラスト】W18

世界平和のため、自分の欲求のため、モン娘大好き王子ユクの旅は続く——今回は竜神娘にクモ女、果ては超巨大なゴーレム娘まで!?　モンスター娘への溢れる愛がどこまでも広がる、モン娘ハーレムファンタジー!

シノゴノ言わずに私に甘えていればいーの!②

【著】旭 蓑雄　【イラスト】なたーしゃ

相変わらず勤労への執着が止まらない社畜リーマン拓務は、どうにかして甘やかそうとする堕落の悪魔・シノさんと攻防を繰り広げていた。そんなある日、アパートに引っ越してきたお隣さんとの浮気を疑われることに!?

新作

魔法も奇跡もない、この退屈な世界で

【著】渡風 夕　【イラスト】rioka

改造人間と、生来の超常者が跋扈する23世紀の日本。孤高の犯罪者「殺人王」が、ある目的の為に政府と共闘する際に派遣されて来たのは、冷凍睡眠から目ざめたばかりの、"殺人を許せない"21世紀人ヒナコだった。

おもしろいこと、あなたから。

電撃大賞

自由奔放で刺激的。そんな作品を募集しています。受賞作品は「電撃文庫」「メディアワークス文庫」「電撃コミック各誌」からデビュー!

上遠野浩平（ブギーポップは笑わない）、高橋弥七郎（灼眼のシャナ）、
成田良悟（デュラララ!!）、支倉凍砂（狼と香辛料）、
有川 浩（図書館戦争）、川原 礫（アクセル・ワールド）、
和ヶ原聡司（はたらく魔王さま！）など、
常に時代の一線を疾るクリエイターを生み出してきた「電撃大賞」。
新時代を切り開く才能を毎年募集中!!!

電撃小説大賞・電撃イラスト大賞・電撃コミック大賞

賞（共通）
大賞……………正賞＋副賞300万円
金賞……………正賞＋副賞100万円
銀賞……………正賞＋副賞50万円

（小説賞のみ）
メディアワークス文庫賞
正賞＋副賞100万円
電撃文庫MAGAZINE賞
正賞＋副賞30万円

編集部から選評をお送りします！
小説部門、イラスト部門、コミック部門とも1次選考以上を
通過した人全員に選評をお送りします!

各部門（小説、イラスト、コミック）
郵送でもWEBでも受付中!

最新情報や詳細は電撃大賞公式ホームページをご覧ください。

http://dengekitaisho.jp/

編集者のワンポイントアドバイスや受賞者インタビューも掲載！

主催:株式会社KADOKAWA